HISTOIRE

DE

CALEJAVA

OU

DE L'ISLE DES
Hommes raisonnables.

AVEC LE PARALELLE
de leur Morale & du
Chriſtianiſme.

M. DCC.

Ne mea dona, tibi studio dis-
posta fideli,
Intellecta prius quam sint,
contempta relinquas.

Lucret. lib. 1, de rer. nat.

HISTOIRE
DE CALEJAVA

LIVRE PREMIER.

PREMIERE PARTIE.

DE L'ORIGINE DU nom & des Loix de Calejava.

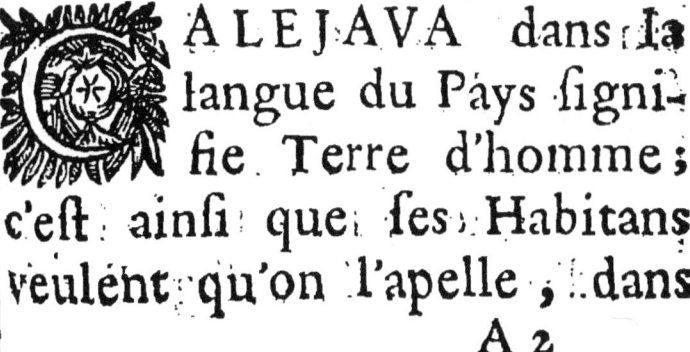

CALEJAVA dans la langue du Pays signi-fie Terre d'homme; c'est ainsi que ses Habitans veulent qu'on l'apelle, dans la penſée qu'ils ont qu'il n'y a qu'eux ſur la terre qui ſoient raiſonnables ; ils trouvent les ſentimens des autres Peuples ſi extravagans , leurs coûtumes ſi ridicules , qu'ils ne font point de difficulté de leur refuſer la qualité d'hommes : Je veux que ces inſulaires ſoient auſſi ſages qu'ils le prétendent ; eſt-ce aſſez pour ſoûtenir cette haute eſtime qu'ils ont conçûe d'eux-mêmes , & pour juſtifier l'outrageant mépris qu'ils font des autres ? Quoiqu'il en ſoit, il eſt difficile de ne ſe pas ſentir quelque envie de connoître des gens qui ont des ſentimens ſi extraordinaires, pour ſçavoir du moins ſur quoi il les apuient : On ne ſçauroit penſer que ce Peuple qui ſe pique d'une extréme ſageſſe s'écarte fans raifon du chemin des autres hommes, pour prendre des routes inconnûes à tout le refte de la terre : Peut-être auffi eft-il vrai que les hommes dénués de tout autre fecours que celui de la Loi naturelle ne fçauroient ateindre à un plus haut degré de perfection pour la morale , que celui auquel les Calejavaïtes font parvenus par leurs propres forces.

Le nom d'Avaïtes eft davantage de leur goût ; ils retranchent en fe nommant le mot de Calé , qui fignifie terre , & la lettre *J*, qui marque nôtre article *de* : Nous ne les apellerons donc déformais qu'Avaïtes , tant par cette raifon que pour abréger un nom d'une prononciation affez difficile.

A3

Quoique ces Infulaires croyent mériter le nom d'hommes par excellence, ils n'en font néanmoins redevables qu'à un pur hazard.

Il y a huit à neuf cents ans qu'un Médecin fe rendit fi habile dans fon Art, que devenu par fon fçavoir l'arbitre de la vie des hommes, il en pouvoit prolonger le terme autant qu'il lui plaifoit.

Ava, c'eft le nom de ce Médecin, avoit pris naiffance dans un Pays voifin de celui dont nous écrivons l'hiftoire; mais il le quita, faché du refus que fon Prince lui fit d'introduire dans fon Royaume les Loix que les Avaïtes ont reçûes enfuite, & obfervées fort religieufement jufqu'à cette heure.

Ava emmena avec lui cent

ou cent cinquante de ſes pro-
ches pour leſquels il craignoit
la colere de ſon Roi , & ſans
doute s'ils étoient demeurés
ils auroient payé pour ce perfide la peine dûe à ſon crime:
A peine ces étrangers furent-
ils arrivés en Calejava , & cam-
pés ſur une montagne à deux
ou trois miles de la mer , que
les anciens Habitans du Pays
députerent vers eux pour ſçavoir le ſujet qui les amenoit,
& d'où ils venoient : Ava
avoit un beaufrere nommé
Milochi qui ſçavoit aſſez bien
la langue du Pays , au lieu de
répondre juſte , quelque inſ-
tance qu'on lui en fit , il ne
parloit que du mérite & du
ſçavoir d'Ava : Le bruit de ſon
arrivée & de ſon habileté ſe
répandit en un moment parmi le Peuple ; ſur ce bruit plu-

fieurs malades acoururent à ce Médecin, il les guerit en peu de tèms, & ils vinrent fur le champ raconter au Confeil du Roi la merveille de leurs guerifons ; on y délibe-roit alors fur la maniere dont on en uferoit avec ces nou-veaux venus ; à la vûe de tant de guerifons fi fubites fur des perfonnes qui n'étoient pas inconnûes au Confeil, on fut faifi d'un tel étonnement qu'on fe fépara fans rien réfoudre.

Cacoumifon, qui régnoit alors, conçût un fi grand dé-fir de faire une épreuve fur lui de l'habileté d'Ava, que mal-gré tous les efforts de fes Mi-niftres il alla le lendemain le trouver en habit de Payfan: Ava n'ayant pû découvrir le mal de ce feint Payfan par l'infpection de fon corps,

apella Milochi afin qu'il le lui
demandât : Cacoumifon ré-
pondit, qu'il ne pouvoit fi peu
fe remuer ou travailler pour
gagner fa vie, que fon corps
n'exhalât une odeur fort incommode à ceux qui étoient
auprez de lui : La grande envie que le Roi témoigna de
guerir de ce défaut fentoit
trop fon honnête homme &
le trahiffoit dans fon déguife-
ment : Ava & fon beaufrere
pour éclaircir le doute où ils
étoient, que ce prétendu
Payfan ne fut une perfonne
de qualité, lui dirent qu'on
le pourroit plûtôt guerir s'il
travailloit quelque tèms avec
les autres ; mais de peur (ajoû-
terent-ils) que la nouveauté de
ton habit à nôtre égard ne débauche nos ouvriers, habille-
toi comme eux : Refufer d'a-

béir, c'étoit donner de grands foupçons, ou les confirmer fi on en avoit déja.

Cacoumifon travaille donc avec les autres à effarter les meilleurs endroits de la Montagne; quelque tèms aprez Milochi demanda à un malade qui venoit implorer le fecours d'Ava, fi cet homme (en montrant le Roi d'un peu loin) ne reffembloit pas à quelqu'un qui fût en grande confideration parmi eux : Comment (répondit ce malade) il a tous les traits du Roi: Milochi va fur le champ trouver Cacoumifon, & lui dit, que ce ne pouvoit être dans un Roi qu'un grand fonds de bonté qui l'avoit porté à commettre fa perfonne entre les mains de gens inconnus, pour épargner à fes Sujets une pei-

ne qu'ils fouffrent avec plaifir, & qui ne ralentit pas les
empreffemens qu'ils ont à lui
faire leur cour : Cela étant,
nous pouvons atendre, continua-t-il, de cette même bonté, qu'elle nous laiffera la
joûiffance de cette montagne
inculte & inutile, pour y vivre fans aucune dépendance
& à nôtre fantaifie : Comme
Cacoumifon tout interdit ne
répondoit rien, Milochi pourfuivit ainfi ; fçachez que nous
avons déja difpofé des machi-
nes que nous pouvons faire
joûer du haut de la montagne
pour infecter tout l'air en bas
dans un inftant d'un poifon
fi fubtil, qu'il tuera fur le
champ ceux qui nous vou-
dront faire infulte : Atachez,
pour en faire l'experience,
des animaux ou des criminels

à la plus grande diſtance que vos armes peuvent nous faire du mal : Cacoumiſon demeuroit toûjours tout interdit, & dans le ſilence ; aprez que Milochi lui eût enſeigné ce qu'il faloit faire pour guerir, il lui dit fierement, partez, & que vos bras ayent une entiere liberté, nous n'en craignons pas les coups : Cacoumiſon fut gueri ; il fit un eſſai du poiſon d'Ava qui réuſſit comme on lui avoit dit : Il fut quelque tems aprez frapé d'une grande maladie, dans laquelle la ſeule habileté d'Ava le garantit de la mort ; cette guerifon les lia d'une étroite amitié : Nôtre Iſle s'apelloit alors Marothi, les Marothiens nommerent la montagne d'Ava, la terre d'Ava, ou terre d'Homme, parce qu'il ſe trou-

va par hazard qu'Ava fig-
nifioit homme en leur langue : L'Ifle tira fon nom de ce
lui de cette montagne , aprez
qu'Ava y eût jeté les fon-
demens d'une République en
établiffant de nouvelles Loix,
& principalement celle de l'é-
galité entre les Citoyens,
mieux que Thefée ne fit à
Athénes , nous connoîtrons
ces Loix par les conferences
que Chriftofile , fon gendre
& fa fille ont eûes avec l'un
des plus habiles de ce Peuple;
mais il faut fçavoir auparavant
par quel hazard ces Europeans
en ont eû quelque connoiffance.

LIVRE PREMIER.

SECONDE PARTIE.

DU VOYAGE DE trois François en Li-thuanie.

Braham Chriſtofile fai-ſoit en France profeſſion de la Religion Pretendûe Ré-formée : Il eut d'une femme Catholique Romaine une fille nommée Eudoxe ; elle étoit huit jours de la Religion de ſon pere, quatre de celle de ſa mere, ſuperſtitieuſe extra-ordinairement : Et enfin elle fit un nouveau ſiſteme du Chriſtianiſme, que nous ver-rons un jour apuié ſur des rai-ſons qui ne paroiſſent pas indifferentes , car fon efprit étoit capable des plus hautes fcien-ces : Pour fon corps , elle avoit le teint fort beau , & les traits reguliers , mais il y avoit dans cette beauté je ne fçai quoi de mâle qui plaifoit aux uns , & qui n'êtoit pas du goût des au-tres ; Son coufin Eugene Ala-tre la trouvoit fort à fon gré, il l'époufa , & devint le com-pagnon de toutes fes avan-tures.

Alatre étoit bon Philofo-phe , bon Mathematicien , & bon Juris-Confulte ; il mépri-foit extremement la Theolo-gie Scholaftique ; il préten-doit qu'il avoit acquis le droit de le faire par la peine qu'il s'êtoit donnée de l'étudier ; Quoiqu'il n'ût pas beaucoup de Religion , il avoit beaucoup d'honneur & de probité ; il ju-

geoit de tout fainement , &
fans prévention.

Ce qui fut caufe que ces
trois François ont vû l'Ifle de
Calejava ; c'eft que Chriftofile
par tous les Edits qu'on faifoit en France contre ceux de
fa Religion , voyoit bien qu'on
alloit à la révocation de l'Edit
de Nantes ; pour fe mettre à
l'abri de cet orage , il mettoit
infenfiblement tout fon bien
en argent comptant. Eudoxe
& Alatre s'aperçûrent bien du
deffein que Chriftofile avoit
de quiter la France , ils firent
en vain leurs éforts pour le
rompre ; & Alatre enfin pour
ne point abandonner fa maî-
treffe fut obligé de faire une
fauffe confidence à Chriftofile ;
il lui dit qu'il croyoit ne pouvoir plus vivre en confcience
dans la Religion Romaine ,
que

que cependant en France il êtoit impoſſible de prendre un autre parti, de la maniere que la veritable Religion y êtoit traitée : Ce même diſcours fut ſi ſouvent repeté, que Chriſtofile le prit pour vrai, & il fit réciproquement confidence à Alatre du deſſein qu'il avoit de quiter la France, en lui conſeillant d'en faire de même : Alatre pour cacher ſes veritables ſentimens, témoigna d'abord quelque repugnance, mais enfin ce dernier apuia tant ſur l'importance du ſalut de ſon ame, qu'Alatre fut obligé de conſentir à une choſe qu'il ſouhaitoit avec une extrême paſſion ; il êtoit d'autant plus aiſé de tromper Chriſtofile, qu'il êtoit extrêmement infatué de ſa Religion.

B.

Je trouve dans les mémoires qui m'ont été fournis plusieurs avantures trez-rares qui font arrivées à ces trois perfonnes dans leurs voyages ; mais je les pafferai fous filence, parce qu'elles ne fervent de rien à mon deffein principal, qui eft d'écrire l'Hiftoire des Avaïtes ; je ne crois pas neanmoins me pouvoir difpenfer de parler de celle qui leur donna l'occafion de voir ce peuple.

On fçait qu'en Hiver on ne voyage dans toute la Lithuanie que fur des traineaux, & qu'un cheval y fait fur la nége, ou fur la glace quinze ou vingt lieûes par jour, en tirant un de ces traineaux ; nos François y voyageoient ainfi ; ils étoient au milieu d'un grand Pays inhabité, & fur la fin de

l'Hiver , lorfqu'un vent chaud
contre la coutume du Pays,
s'éleva tout à coup & inopiné-
ment , il fond en peu de tèms
les neges , & dégele les rivie-
res ; Les chevaux qui tiroient
les traineaux fe noyent , & les
hommes courent grand rifque
d'avoir le même fort ; & fans
doute ils feroient péris aprez
que les glaces eurent brifé
leurs traineaux , mais un gros
glaçon fauva Chriftofile , les
autres fe mirent fur quelques
planches de leurs traineaux ;
Alatre garantit le fien des infultes des glaces avec un mor-
ceau de bois du débris des autres , il conferva par-là les provifions qu'ils avoient faites
pour leur voyage : deux de
leurs Conducteurs , las de fe
voir fur leurs planches à deux
doigts de la mort , s'atache-

rent affez inconfiderement à
un tronc d'arbre qui êtoit arrêté au milieu de l'eau , mais
à peine l'urent-ils embraffé
qu'un glaçon pouffe avec violence contre cet arbre coupa
le corps de l'un par le milieu,
la fecouffe du coup & la peur
firent quiter à l'autre ce qu'il
embraffoit , & un moment
aprez il fut noyé ; par mal-heur
il n'y avoit dans cette petite
caravane que ce dernier qui
fçavoit les chemins , & la car-
te du Pays ; les autres trouverent un peu plus bas le torrent beaucoup moins rapide
& moins profond , par le fecours de quelques perches qui
fe rencóntrerent fur l'eau ils
gagnerent un bois ; là ils firent du feu , ils mangerent,
& fe remirent de la peur &
de la fatigue qu'ils avoient
eûes.

Eudoxe alaitoit un enfant
de trois à quatre mois, qu'elle avoit eu de son mariage
avec Alatre, elle crut que son
laît reviendroit aprez qu'elle
auroit mangé, mais la peur
avoit fermé les canaux destinés à cet usage ; nos voyageurs
n'avoient rien pour remplacer
le lait, ils se voyoient reduits
à laisser mourir de faim ce pauvre enfant, qu'ils aimoient
plus qu'eux-mêmes, & il alloit expirer à leurs yeux.

Eudoxe ne put soûtenir cette vûe, elle prend son enfant
& le va exposer sur un tertre à un mile ou deux du lieu
où ils étoient, plûtôt que de
le voir languir plus long-tèms :
Mais quelques jours aprez le
laît lui revint, alors la douleur qu'elle ressentoit de la
perte de son enfant fut en-

core plus grande , elle regar-
doit fans ceffe du côté où elle
l'avoit porté , elle faifoit quelque pas pour y aller ; puis elle fe difoit à elle-même , où
vais-je ? Puis-je prétendre de le
retrouver en vie aprez tant de
tèms ? que verrai-je , quelques
langes que les bêtes fauvages,
auront teints de fon fang ; ces
triftes reflexions la faifoit re-
brouffer chemin , mais la ten-
dreffe maternelle qui furve-
noit de nouveau l'a faifoit retourner ; infenfiblement elle
arriva vers quelques buiffons
affez hauts , au travers def-
quels elle apeçût d'abord une
troupe d'Ours ; la peur la fit
arrêter , & pour fe dérober
aux yeux , & à la fureur de
ces animaux , elle fe jette dou-
cement le ventre contre terre , en cette pofture elle voit

fon enfant qu'une Ourfe noùr-
riffoit de fon laît, elle auroit
voulu à l'inftant le lui enlever,
mais elle n'ofa, & le parti
qu'elle prit fut de venir fans
bruit faire part à fon époux,
& à fon pere de cette heureufe nouvelle : Leur Conducteur
leur dit, que la chofe n'êtoit
pas fort extraordinaire en ce
Pays, & qu'on l'avoit déja vûe
du tèms de la feu Reine de
Pologne Louïfe-Marie ; il leur
enfeigna en même tèms le
moyen de reprendre fans danger leur enfant ; ce Conducteur fe nommoit Samiefki, il
êtoit Turc d'origine fort entê-
té du Mahometifme, il ne
manquoit pas pourtant d'efprit & de fçavoir.

Cependant leurs provifions
diminuoient beaucoup, &
quelque mauvais que fuffent

encore les chemins pour des gens de pied, ils résolurent de quiter leur poste & de toûjours avancer sur le bord du torrent où ils avoient, pour ainsi dire, fait naufrage ; au bout de deux jours ils trouverent qu'il entroit dans un grand fleuve, ils ne pouvoient passer ni l'un ni l'autre, & ils se voyoient entre ce confluent obligés à retourner sur leurs pas, & en trez-grand danger de mourir de faim, lorsqu'ils aperçûrent d'assez loin un bâtiment qui descendoit le fleuve, ils ne pouvoient atendre leur salut que de la pitié qu'auroient d'eux les gens qui êtoient sur ce Vaisseau ; il n'y avoit que des Avaïtes, qui retournoient en leur Pays chargés de tout ce qu'ils avoient pû trouver de meilleur dans les autres. D'aussi

D'auffi loin que nos voyageurs en purent être aperçûs,
ils éleverent les mains au Ciel,
& un peu aprez ils fe mirent
à genoux pour exciter par là
la compaffion, ou du moins
la curiofité de ceux qui de-
voient être leurs fauveurs ; ils
parloient toutes les langues
qu'ils fçavoient : Un Avaïte
s'êtant aproché d'eux répondit en latin ; Alatre d'abord
fe voyant entendu tâche à faire fentir vivement la facheufe
extremité où fes compagnons
& lui étoient reduits, & offre une groffe fomme d'argent
à l'Avaïte pour leur donner
quelque fecours : Celui-ci qui
dans les maximes de fon Ifle
devoit préferer la vie d'une
jeune femme comme Eudoxe
à celle de dix hommes ; lui
fit mile amitiés, & pouffa fon
C

honnêteté pour elle jusqu'à lui
dire qu'il mourroit plûtôt de
faim lui-même, que de ne lui
pas fauver la vie. Nous ver-
rons dans la fuite comment il
pouvoit tenir ce langage fans
être amoureux ou galant : Nos
François, & nôtre Turc accep-
terent avec de grands remer-
ciments les offres qu'on leur
fit de les conduire en quelque
Ville, & fans demander où ils
aloient, ils s'embarquerent le
plus gayement du monde : l'A-
vaïte conçût en chemin de l'a-
mitié pour Alatre & Eudoxe,
il réfolut de les mener en fon
Pays & de les y retenir : Comme le vent leur fut affez favorable ils y arriverent en deux
mois & quelques jours : Quelque part qu'ait dans cette Hiftoire l'Avaïte dont nous venons de parler, nous ne pour-

rons jamais l'apeller que l'A-
vaïte ; fon nom propre eft
compofé fuivant l'ufage du
Pays de deux nombres, fept
cinquante-trois, & il nous par-
roîtroit fi bizarre, que nous ne
pourrions pas nous y acoûtu-
mer.

LIVRE PREMIER.

TROSIE'ME PARTIE.

DE L'ARRIVE'E DE
quatre Europeans en
Calejava.

Depuis que les Avaïtés
fçavent la maniere dont
nous en avons ufé avec les
Pays nouvellement découver ,
aprez nous en être rendu maîtres, ils craignent d'entrer en

commerce avec nous, & par cette raison ils ont fait promettre à nos Europeans de ne point reveler en quel climat leur Ifle eft fituée : Elle n'eft cependant malgré cette crainte défendûe que d'une fimple muraille , foutenûe par des terres ajoûtées où l'on fait continuellement garde ; mais Ava leur a laiffé la maniere de compofer le poifon dont nous avons parlé , & ils feroient par fon moyen mourir une armée qui prendroit terre fur leurs côtes , fans qu'un feul homme put aprocher de quatre à cinq miles de cette muraille qui ferme toute l'Ifle.

Les Europeans la pafferent à la faveur de l'Avaïte ; il leur fit donner enfuite un apartement, & des femmes pour leur aprêter à manger , il man-

gea avec eux , & il leur dit
qu'ils pouvoient fe fervir de
ces femmes comme ils le ju-
geroient à propos : Alatre le
lendemain lui préfenta une
bourfe pleine d'or afin qu'il fe
payât ; l'Avaïte en ayant pris
une piece la mit en terre comme s'il l'avoit voulu planter ,
en difant qu'il falloit voir quel
fruit pouvoit produire cette
plante inutile d'elle-même ,
car ce n'eft pas chez nous que
la fantaifie donne du prix aux
chofes ; fi cela eft , dit Alatre
en reprenant fon argent , vôtre terre n'eft pas propre pour
cette forte de plante ; mais il
faut , ajoûta-t-il en parlant ferieufement, payer ce que nous
avons dépenfé ; & même nous
vous prions de nous procurer
une commodité pour nous
rendre en Europe : Pourquoi

retourner en Europe, répondit l'Avaïte ? En quelque endroit qu'on foit de la terre on eft également éloigné des Cieux; qu'importe à un fage comme vous, où vous paffiés la vie ? Non, répliqua Alatre, pourvû qu'on ne manque de rien : Qu'apellez-vous, dit l'Avaïte, ne manquer de rien ? Eft-ce avoir un lît riche & mangifique, ou d'ormir à fon aife & tranquillement ? Eft-ce avoir une table fervie en vaiffelle d'argent, ou manger avec apetit ? Eft-ce être porté en chaife malade, ou aller à pié en fanté ? Eft-ce avoir un bonnet en broderie pour couvrir une tête agitée de mile foins, ou un fimple bonnet de laine capable de garantir du froid, une tête exempte de foucis ? En un mot ne man-

quer de rien ; confifte-t-il à
avoir un faftueux fuperflu
chargé de mile incommodités ,
ou à n'avoir que le neceffaire
acompagné de l'agreable autant qu'il eft poffible ? Les
Avaïtes joûiffent d'un véria-
ble bonheur , parce qu'il eft
conforme à la nature , & les
Europeans fe contentent d'u-
ne felicité imaginaire pendant
qu'ils fe fentent réellement
malheureux ; ils prennent leur
extravagance pour une politeffe , & font affez infolens
pour traiter de barbares les autres Nations : Comme j'ai re-
marqué, pourfuivitil, que vous
ne donnés pas dans ces pré-
ventions , je voudrois vous
affocier au bonheur de nôtre
Ifle : Oûi, mais répondit Alatre puis-je quiter ma femme
& mon beau-pere s'ils n'y veu-

lent pas demeurer ? pourvû, repliqua l'Avaïte, qu'ils foient perfuadés de l'exiſtence d'un Dieu, de l'immortalité de l'ame, & des peines, & des recompenſes de l'autre vie, nous nous pourrons accommoder d'eux, & même de Samiefki : Mais il faut qu'ils foient convaincus de ces verités par des raifons folides, & naturelles, & non par l'autorité : L'Avaïte & Alatre ſe dirent l'un l'autre mile chofes obligeantes ; & convinrent enfuite qu'ils feroient leurs efforts pour perfuader nos Europeans de ces vérités par la force de la raifon.

HISTOIRE DE CALEJAVA

LIVRE SECOND.

DES DISPOSITIONS requises pour devenir Avaïte.

PREMIER DIALOGUE.

De l'autorité des Sçavans.

Christofile , Alatre , Eudoxe & Samieski.

ALATRE communiqua sur le champ à ses Compagnons la proposition que

l'Avaïte lui avoit faite ; & le
lendemain pour les défacoû-
tumer de s'apuier fur l'autorité , il pria Eudoxe de rapel-
ler en fa mémoire les raifon-
nemens qu'ils avoient faits autrefois l'un & l'autre pour fe
défaire de la prévention que
nous infpirent les fentimens
de ceux pour qui nous avons
du refpect : Je fçais , continua-t-il , qu'il faut diftinguer
deux fortes de vérités ; les
unes font fondées fur des principes arbitraires , comme ceux
de la Jurifprudence , & tant
qu'on n'en eft pas fuffifament
inftruit , l'autorité eft fans
doute d'un grand poids ; les
autres vérités , qui feules mé-
ritent de porter un nom fi
glorieux , ne dépendent que
des principes immuables &
établis par l'Auteur de la na-

ture : Pour déterrer celles-ci il ne faut avoir recours qu'à la raison ; il eſt aiſé d'en convaincre les plus opiniâtres , pourveu que la pareſſe ne vienne pas au ſecours de leur opiniâtreté ; car la peine qu'il faut pour chercher la vérité par ſes propres yeux eſt grande en comparaiſon de la commodité qu'il y a à ſuivre aveuglement le chemin que le autres ſuivent auſſi à l'aveugle ; mais cette peine fait-elle une preuve de la fauſſeté ; & ſi le Chrêtien pour trouver de la difficulté à examiner les preuves du Mahometiſme , a droit de le rebuter ; le Turc n'en a pas moins de rejeter le Chriſtianiſme ; peut-on ſe fier à l'autorité qui ſoufle le froid & le chaud ſuivant les Pays, & même ſuivant les tèms!

Quoique la verité foit une &
immuable, cependant on fçait
affez qu'il y a des opinions qui
ne font de mode que dans de
certains fiecles, comme il en
eft qui ne font fuivies que de
certains peuples : Il eft inutile d'en raporter des exemples, ils font trop communs;
mais il n'eft pas indifferent
d'en connoître la caufe : Il me
femble qu'on doit l'atribuer,
à ce qu'au lieu de commancer par examiner les principes fur lefquels on veut raifonner, on commance par en
demeurer d'acord de part &
d'autre dans toutes les difputes fans aucun foupçon de fe
tromper : Il eft vrai qu'on ne
peut prouver ceux qui font
évidents par les feuls termes
de la propofition comme ceux
des Geometres, comme celui

de Descartes , je pense donc,
je suis, ou le mien , ce qui
est si clair qu'on n'en peut douter est vrai : Je le regarde comme le premier principe , parce que tous les autres ne paf-
sent pour tels qu'à cause de
leur si grande évidence qu'on
n'y peut trouver matiere à aucun doute : Mais ceux dont
je veux parler , & qu'on su-
pose pour vrai , ne font pas
de cette nature ; bien loin d'ê-
tre évidents , ils font presque
tous faux , & ils ne peuvent
contribuer à la découverte de
la verité , quoiqu'ils n'empê-
chent pas quelquefois qu'on ne
s'aperçoive que les autres font
tombés dans l'erreur ; Mais il
y a une grande difference de
l'un à l'autre * Un ancien fou-

---

* *Utinam tam facile effet vera invenire,
quem falsá convincere.* Cicero de Natur. deor.
lib. I.

haitóit d'avoir autant de faci-
lité à découvrir le vrai qu'on
en a à manifefter le faux,
parce qu'en raifonnant confequemment fur un faux principe, on remarque aifément
qu'une opinion eft pleine d'ab-
furdités; mais ce n'eft que dans
l'opinion des autres qu'on en
voit , & là-deffus on croit
qu'êtant dans le parti contraire à l'erreur on n'y eft pas tom-
bé ; comme s'il n'y avoit
qu'une voie pour s'égarer en
fuivant de mauvaifes guides,
je veux dire de mauvais principes : Sans nous arrêter à rechercher la caufe de ce mal,
dit Eudoxe, tachons plûtôt
à le détruire : Il faut , conti-
nüa-t-elle en adreffant la parole à fon pere, que l'auteur
d'une opinion ait eu de bonnes raifons pour l'embraffer,

fans quoi il ne meriteroit pas
d'être d'une grande autorité,
& il n'en a qu'à proportion
de la force de fes raifons; il
les faut donc pefer pour juger qu'elle autorité on lui doit
donner : Si cela eft, fe gouverner par l'autorité, c'eft fe
gouverner par la raifon : Ce
raifonnement me paroît jufte
& bien fuivi ; cependant on
fait une grande difference entre fe gouverner par autorité,
& fe gouverner par raifon :
Il eft vrai, répondit Chriftofile, que la raifon n'eft pas la
même chofe que l'autorité;
celle-ci ne confifte que dans
la grande eftime que d'habiles gens, & capables de juger
de la folidité des raifons, ont
avec juftice conçûe du merite d'un auteur, les autres
moins habiles donnent enfui-

te fans aucune difcution dans leurs fentimens : Si vous prenez, répartit Eudoxe, l'autorité pour la reputation, ce n'eft que celle qu'on acquiert auprez d'un petit nombre de Sçavants, une réputation fans éclat, une réputation imperceptible, je dis une réputation imperceptible & fans éclat ; parce qu'elle ne paffe pas ce petit nombre de Sçavants, qui êtant inconnus eux-mêmes, ne la peuvent pas tranfmettre aux autres : Comment le peuple les demêlera-t-il des ignorants, fi on entend par le mot de Sçavants, comme on doit l'entendre ici, non pas celui qui a beaucoup d'érudition, mais celui qui par raifonner confequemment fur de bons principes dévelope la verité, puifque le peuple

ple ne connoît pas ces principes , & qu'il n'eſtime que
l'ignorant qui raiſonne ſur
ceux qui lui ſont connus &
familiers: La vraie autorité dépend d'une réputation légitime , & celle-ci n'eſt apuiée
que ſur la bonne opinion des
habiles gens inconnus ; ſi bien
que l'autorité ne l'eſt pas
moins ; car je conte pour rien
l'eſtime du public : Seneque *
même la prend pour un préjugé déſavantageux en ma-
tiere de dogmes ; le grand
nombre ne ſuit jamais le parti de la verité, & je me fie-
rois plûtôt à deux bons yeux,
toutes choſes étant égales,
qu'à mile qui ne ſeroient pas
ſi bons , & qui conſidereroient.

* *Argumentum peſſimi turba eſt. Vulgum
autem tam candidatos quam coloratos voco.*
Seneca lib. de vita beata c. 2.

D

tous le même objet dans le même éloignement : Le public eſt un injuſte diſtributeur de la réputation : Le faux à l'aide d'un diſcours fleuri, s'inſinûe plus aiſément chez lui que les raiſons les plus ſolides ne le perſuadent de la verité ; & pour combatre l'autorité par elle-même, écoutés un Poëte Philoſophe *.

* Lucret. lib. 1,

Omnia enim ſtoldi magis admirantur, amantque,
Inverſis quæ ſub verbis latitantia cernunt,
Veraque conſtituunt, quæ belle tangere poſſunt ;
Aures, & lepido quæ ſunt fucata ſonore.

Il eſt vrai, dit Chriſtofile, que les tours & les expreſſions en écrivant, que l'air & la maniere en parlant impoſent beaucoup, & nous voyons que

toute sublime que fut la doctrine de Jesus-Chrift, elle ne
faifoit point l'admiration des
Juifs ; celle qu'ils avoient pour
lui venoit des airs de maître
qu'il fe donnoit avec juftice * *Marc.*
Ce n'eft pas le merite qui don- *1. v.*
ne la vogue, c'eft l'opinion du *22.*
plus injufte des Juges, c'eft
l'opinion du peuple ; ce mot
comprend tout le monde, à
la referve d'un trez-petit nombre de Sçavants, dans le fens
que nous l'avons dit, & dont
on ne fait aucun cas : Mais,
dit Samiefki, quand on n'a pas
de bons yeux, ne faut-il pas
s'en raporter aux gens qui les
ont meilleurs que nous ? Non,
repartit Alatre, il faut s'abftenir de juger, ou par une forte
aplication mettre l'objet à
portée de fa vûe, & fi on ne
pouvoit faire ni l'un ni l'au-

tre alors on eſt obligé comme un aveugle qui mandie
ſon pain de ſe laiſſer conduire,
quand ce ſeroit même dans un
précipice ; mais je vous ferai
voir qu'il eſt dificile de trouver un eſprit qui ne ſe puiſſe
pas gouverner par lui-même
avec un peu plus ou moins
de peine : On ſçait même que
l'habilité ne remplace pas ſi
bien l'aplication, que l'aplication remplace l'habileté ; &
de là je tire une nouvelle
preuve pour confirmer celles
que je viens d'avancer : S'il eſt
vrai que la découverte de la
verité depende moins de nôtre habileté, que de nôtre attention, ce n'eſt pas aſſez de
ſçavoir qu'une perſonne ſoit
habile, il faut ſçavoir ſi elle
a donné toute ſon atention à
la déciſion d'une dificulté : Si

vous entrez dans ces fortes de défiances , dit Eudoxe , rien ne peut vous raffurer contre tant de divers fujets de femblables craintes , qui vous affiegeront de toutes parts : Comment fçaurés vous qu'un Auteur ne déguife point fes fentimens , ou qu'il n'a pas été engagé par quelque paffion fecrette à prendre le parti qu'il a pris ? Nous ne connoiffons pas nous-mêmes la plûpart du tèms les veritables refforts qui nous font agir: Et vous de vôtre côté êtes vous bien affuré d'entendre la penfée d'un Auteur ? Dieu même n'a point parlé fi clairement qu'on n'ait donné plufieurs fens à fes paroles : Les diverfes fectes des Chrêtiens ont interprêté de plus de vingt manieres differentes ces paroles fi fimples., *Ceci eſt mon Corps.*: C'eſt un défaut gene-ral à toutes les Langues que les mêmes mots y foient fu-ceptibles de plufieurs fens; ce qui fait qu'on trouve tant de prédictions verifiées; à ce qu'il femble , fi heureufement par les évenements , & que dans des Romans, & des Fa-bles on y découvre toutès les beautés des fciences les plus profondes , qu'on ne peut pas avoir eû deffein d'y enveloper dans un tèms qu'elles êtoient encore inconnûes * La raifon de ces ambiguités, c'eſt qu'il y a beaucoup plus de ma-nieres de penfer que de s'ex-primer, ainfi il faut qu'une expreſſion ferve à plufieurs penfées. Les Paraboles , les

* Dans *Homere on trouve toute la Theolo-gie du Chriſtianiſme*

Metaphores , & les autres figures font encore beaucoup
de fens obfcurs & dificiles à
entendre : On fauve la verité
de ces écueils , lorfqu'au lieu
de s'atacher à des mots on ne
confulte que des idées claires
& diftinctes : Ainfi quoi qu'Eu-
clide ait donné des défini-
tions peu juftes quelquefois ,
comme neanmoins il ne s'arrête pas aux termes , mais
qu'il ne regarde que les idées
des chofes , il ne fe trompe
pas dans fes raifonnements :
Il faut fuivre l'exemple d'un
fi grand homme ; & ne pas
croire qu'un efprit efclave des
fentiments des autres , & bor-
né par les opinions communement reçûes , puiffe jamais
pouffer bien loin fes découvertes : Ce n'eft pas feulement
dans les fciences que nous fai-

fons mal de déferer à l'autorité, c'eft elle qui nous con-
ferve de vieilles coûtumes
quoiqu'extravagantes, comme fi nous avions honte d'ê-
tre plus fages que nos peres.

SECOND DIALOGUE.

De la foi qu'on doit aux Hiftoires.

Chriftofile, Alatre, Eudoxe & Samiefki.

LE beau tèms atira nos
Philofophes aprez le dî-
né à la promenade, & aprez
avoir repaffé fur les principaux points de leur entretien
du matin, Chriftofile dit, que
pour les faits on ne pouvoit
avoir recours qu'à l'autorité
pour en juger : Alatre en de-
meura

meura d'acord mais il foûtint,
qu'un fait qui paffoit pour
vrai ne l'êtoit pas toûjours,
comme il paroît par les pré-
fomptions que les Docteurs
apellent *Juris & de Jure* ;
c'eft ainfi que les Anglois dón-
nent un enfant à un époux,
quelque tèms & en quelque
lieu que ce foit du Royaume,
qu'il ait été abfent d'auprez
de fa femme ; cependant croi-
ra-t-on qu'il en eft le pere ?
non ; mais on agira fur cette
préfupofition comme fi elle
êtoit véritable : C'eft encore
pis pour les Hiftoires , il en
faut parler & raifonner comme fi elles êtoient vraies ;
mais il faut compter dans le
fond qu'elles font toutes fauffes , & que les plus fideles ,
comme dit Defcartes au com-
mancement de fa Méthode ,

augmentent ou diminuent la
valeur des chofes pour les rendre plus dignes d'être lûes :
La raifon en eft, qu'on ne parle
que pour être écouté avec
plaifir ; pour cela il faut faire
entrer du merveilleux dans
un récit, il le faut charger de
circonftances rares & extraordinaires, le rendre le plus fleuri qu'il eft poffible , fans quoi
il ne fraperoit que foiblement
l'efprit & l'imagination ; &
comme la vérité ne fournit jamais affez de furprenant , il
la faut abandonner ou fe taire;
car quel dégoût n'eft-ce pas
de parler à des gens ennuiés
de vous entendre & qui s'en-
dorment, fi le merveilleux de
tèms en tèms ne les réveille?
Tous les Peuples ont aimé les
fables, les Grecs & les Juifs
Paul. fur tout * y ont été extréme-
ad tit.
C. I. v.
10.

ment atachés , parce qu'on ne
croit aifement que ce qu'on
prend plaifir à entendre , comme les évenemens rares ; fi
bien qu'on ne donne facilement que dans ce qui eft le
plus incroyable : Qu'un Roi
ne foit pas tué, la chofe eft
trop commune , on ne la peut
pas croire ; mais qu'il s'éleve
tout à coup un faux bruit
qu'il a été affaffiné au milieu
de fa Cour , le cas eft extraordinaire , & il trouvera fi bien
créance dans les efprits que
le Prince par fa prefence ne
pourra pas détromper fon
Peuple ; c'eft ce que dit Stra-
da de Philippe II. Roi d'Ef-
pagne au commencement du
quatriéme livre de fon Hiftoire : Les hommes en cela font-
ils raifonnables ? Non ; mais
ils fuivent la pente naturelle

qui les porte au plaifir.

Un fait qui ne nous interelle pas ne nous touche agréablement qu'à proportion qu'il caufe plus ou moins d'admiration ; & fi nous ne le croyons pas véritable, tous les charmes que nous y trouvions s'évanouiffent, comme un beau fonge fe diffipe avec les ombres de la nuit ; mais l'efprit de peur de perdre ce plaifir aime mieux demeurer dans fes ténebres ; & pour le lui procurer, l'Hiftorien qui veut plaire tourne tout du côté du merveilleux, & par conféquent du côté du faux : Il porte fon extravagance jufqu'à écrire que le Soleil s'eft arrêté *.

Quelque publique & récen-

* Sandoval dans la vie de Charles-Quint l'an 1547.

te que foit une Hiftoire, elle n'eft point à l'abri du menfonge ; Peregrinus meurt aux jeux Olimpiques , Lucien fait le compte d'un Vautour , qui fe dit l'ame du Philofophe en s'envolant au Ciel , & il rencontre enfuite un vieillard qui affure dans la place publique avoir vû ce Vautour : Qui ne fçait que nous ne fçaurions découvrir la vérité d'une chofe qui eft arrivée dans nôtre Ville & de nôtre tèms , & que de cent perfonnes qui l'ont vûe on n'en rencontre pas deux qui la racontent de la même maniere ? Qui ne fçait que de cent mile hommes qui ont été prefens à une bataille nous n'en pouvons pas aprendre au vrai comme les chofes s'y font paffées ? Qui ne fçait que de plufieurs témoins qui ont vû la même chofe, l'un fuprime ou ajoûte une circonftance, & que malgré les efforts que leur confcience, leur ferment & la prefence du Juge leur font faire, ils ne font pas toûjours d'acord entr'eux, foit pas négligence ou autrement ? Les Chrêtiens en font convaincus par l'Hiftoire de la Paffion de Jefus-Chrift, les principaux des Juifs l'acufoient d'avoir pris la qualité de Roi; & du jour qu'ils firent réflexion qu'ils pourroient par là s'ati-

Jaon. rer les Romains * ils réfolu-
11, v.
48 & rent de le faire mourir : il
53. fouffrit que le peuple lui don-
Joan. nât tout haut cette qualité *
u. v. lorfqu'il fut queftion de le
13. prouver, on ne trouva que de faux témoins qui ne s'acor-
Marc. doient pas entr'eux *.
+. v.
5.

Pour prouver la même chofe par d'autres raifons ; Eudoxe entra dans le détail des divers interêts qui portoient un Hiftorien à écrire , & qui rendoient toûjours fon témoignage fufpect ; ce qui fait que la même action eft bonne ou mauvaife par raport à la difpofition du canal par lequel la connoiffance en vient jufqu'à nous ; comme le même fuc de la terre devient fruit amer ou doux fuivant que les pores de l'arbre par lequel il paffe font difpofés : Enfuite elle cita un paffage de Séneque qui raporte les raifons que les Hiftoriens ont de trahir la vérité pour gagner l'aprobation du public * : Ils * conclurent enfin qu'il êtoit difficile de s'affurer de la vérité d'aucun fait ; mais qu'encore bien que les hommes

* Sen. nat. qu. lib. 7 c. 16.

ayent connu qu'elle échape à leur fagacité & à leur pénetration , ils ont bienfait neanmoins pour le bien de la focieté civile d'établir des régles qui nous affûjettiffent à prendre pour vrai ce qui fort fóuvent ne l'eft pas , plûtôt que de laiffer tout indecis ou de ne pouvoir compter fur rien.

QUATRIEME DIALÓGUE.

De la Raifon.

Alatre & l'Avaïte,

A Latre combla de joie l'Avaïte en lui difant le lendemain qu'il avoit ruiné dans l'efprit de fes Compagnons le pouvoir de l'autorité : Il leur faut , dit l'Avaïte, remplacer cette guide d'une autre, c'eſt la raiſon : Tout le monde veut bien plier ſous ſon joug, & il n'y a perſonne qui ne ſçache qu'il n'y a point de bonne action qu'elle ne ſoit raiſonnable & qu'il n'y a point d'action raiſonnable qu'elle ne ſoit bonne : Qu'il eſt juſte de prendre cette heureuſe guide qui nous conduit toûjours au bien, & le bien ſe trouve par tout où elle nous conduit : En la ſuivant nous ne dépendons que de nous mêmes, & nous devenons par là en quelque façon des Dieux.

D'où vient donc qu'on néglige un auſſi beau don du Ciel pour s'atacher ſi fort à de vaines inſtitutions des hommes ? Croit-on que l'eſprit humain ſoit d'une ſi gran-

de étendûe que les chofes qu'il
doit fçavoir ne le puiffent pas
affez ocuper fans le remplir
de tant d'autres vaines, inutiles & mauvaifes? Si quelqu'un, répondit Alatre, n'a
pas autant de déferance pour
la raifon que vous le fouhai-
tez, c'eft parce que l'on ne
croit pas que tout le monde
foit capable de fe conduire par
elle feule ; nous n'avons pourtant point d'autres régles, répartit l'Avaïte, & quelqu'autre qu'on me donne, fi ma
raifon ne la trouve pas à fon
goût, fuis-je le maître de la
rejeter ? Je ne difpofe pas de
mes lumieres naturelles à mon
gré ; j'aurois beau vouloir que
ce qui me paroît faux me pa-
rut vrai, ma volonté n'y peut
rien changer, & il faut que
je condamne la régle que ma

raifon defaprouve ; ainfi ce
n'eft toûjours qu'elle qui me
gouverne : Les Chrêtiens même lui foumettent l'explica-
tion de leur Ecriture * :
Quant à ce que vous me dites
qu'un homme peut n'être pas
capable de la connoître , fi
cela eft , il faut le regarder
comme un enfant , comme un
imbécile qui ne peut faire ni
bien ni mal ; c'eft un aveugle
obligé de fe fier à fon conducteur qui le conduit peut-
être dans un précipice ; mais
ne feroit-il pas ridicule , fi
ayant deux bons yeux j'aimois
mieux les fermer pour courir volontairement le danger
auquel la néceffité expofe un
aveugle ? Il me femble , dit
Alatre , que ces Aveugles
font trez-rares , & les efprits

* *Sctus Thom.* 1. *p.* 9. 68 *art.* 1.

les plus grossiers peuvent
comprendre les choses claires
& évidentes par elles-mêmes;
si on ne s'apuyoit jamais que
sur des principes clairs & évidents, & qu'on n'en tirât des
conséquences que par des rai-
sonnemens semblables, comme on le doit, un esprit ne
trouveroit par tout que de la
clarté & de l'évidence, & il
n'auroit pas besoin de beaucoup de lumiere naturelle
dans de pareils sujets ; pourveu qu'il eût soin que les préjugés ne l'ofusquassent point
& qu'il donnât une aplication
plus ou moins grande se-
lon sa capacité & sa vivacité.
De là vient qu'on ne trouve
personne qui ne soit capable
d'aprendre plus ou moins fá-
cilement les Mathematiques:
Il seroit en effet indigne de

Dieu, ajoûta l'Avaïte, qu'il eût creé quelques hommes, fans leur donner d'autre ré-gle pour fe conduire que la raifon dont ils ne feroient pas en état de fe fervir ; car le Chrêtien, par exemple dans fa créance, peut dire qu'il y a des Mahometans qui dans la profonde ignorance où ils font du Chriftianifme ne peu-vent pas vivre même morale-ment bien, n'ayant point re-çû d'autres régles de Dieu que la raifon, & elle n'eft pas à portée de leur efprit.

Le Mahometan peut de fon côté faire un pareil raifonne-ment à l'égard de quelques Chrêtiens; & de là l'un & l'au-tre peuvent conclure que c'eft à la raifon, que Dieu a confié la conduite de fes créatures : Je le crois ainfi, dit Alatre;

mais je voudrois qu'on pût
prendre un peu plus de confiance en elle, & qu'elle nous
trompât moins souvent : Prenez garde, répondit l'Avaïte,
que ce ne soit pas elle qui
vous trompe, mais que ce ne
soit vous-même qui vous pré-
cipités dans l'erreur; si vous
faites un bon usage de vôtre
liberté vous ne recevrez pour
vrai que ce qui est évident,
comptez alors sur l'infaillibilité de vôtre raison : Si vous
n'admettez le vrai-semblable
que pour ce qu'il est, vous ne
vous trompez point, s'il ne
se trouve pas vrai, vous êtes
dans l'ignorance & non dans
l'erreur ; mais se plaindre de
ce que nous n'avons pas la
plénitude de la science, se
plaindre de ce que nous ne
sommes pas infaillibles, c'est

fe plaindre de ce que nous
fommes des hommes, c'eft fe
plaindre de ce que nous ne
fommes pas des Dieux : La
nature humaine n'éft pas capable d'une plus grande perfection, nous ne pouvons pas
être fans défaut, quand nous
n'aurions que celui de ne pouvoir agir que dans le tèms & de
ne pouvoir fort fouvent rien
apercevoir que dépendament
des organes corporels : Je ne
fçaurois comprendre nôtre in-
quietude de nous donner mile
mouvemens pour trouver des
chofes étrangeres qui ne va-
lent pas ce que nous avons de
nôtre fond : on veut une régle qui nous mette à l'abri de
l'erreur, en a-t-on vû une jufques ici qui n'ait donné lieu
à une infinité de difputes, &
perfonne ne doute que ceux

qui fe font engagés dans l'un
ou l'autre parti ne foient
immancablement trompés :
Les hommes pendant plu-
fieurs fiécles qu'ils n'avoient
ni tant de fineffe d'efprit ni
tant de pénetration qu'ils en
ont acquis depuis , fe font
contentés de la feule raifon
pour vivre bien & heureufement ; & ils n'avoient pas befoin fans doute de tant d'habileté qu'il en faut aujour-
d'hui pour faire l'aplication
des nouvelles régles aux differentes circonftances de fait,
dont le détail eft infini : Non,
non, nos fautes ne viennent
pas tant de nôtre raifon que
du mauvais ufage de nôtre liberté ; quelque régle qu'on
nous donne , nous fommes
toûjours libres d'en mal ufer,
& il n'y en a point qui nous
rende

rende impécables ; C'eſt ainſi que finit la converſation de l'Avaïte & d'Alatre ; celui-ci en fit un récit fidelle à ſes Compagnons , & je trouve dans mes mémoires que Samiefki dit que ce n'êtoit pas les Mahometans qu'il faloit porter à ſuivre la raiſon , puiſqu'ils en avoient reçû un commandement exprez dans l'Alcoran * : Pour Chriſtofile il ſoûtint que le Chrêtien malgré les maximes de la raiſon , devoit être, ſans preuve, inébranlable en ſa Foi , & que tout au contraire des autres hommes il n'avoit des raiſons de croire qu'aprez avoir crû, il cita l'exemple de S. Pierre qui doutant que Jeſus qui ve-

* Apelle le Temple à la Loi de Dieu avec prudence & predications, & diſpute contre les impies avec de bonne raiſons. Chap. de la Mouche à miel.

F.

▲oit à lui fur l'eau ne fût un fantôme, commence par croire fur fa parole que c'eft lui,

fi fermement qu'il commet fa vie en marchant fur la mer * ce n'eft que fa foi qui lui fournit les preuves qu'il demandoit, pour croire, il faloit croire pour marcher fur l'eau, & il faloit marcher fur l'eau pour avoir raifon de croire : Tout l'ordre de la Dialectique fe trouve confondu dans cet évenement.

Làdeffus l'Auteur des mémoires fait cette réflexion, qu'on devroit fuprimer les livres qui par des titres pompeux promettent de démontrer l'Evangile ; parce que fi Dieu avoit voulu perfuader les Chrêtiens par des raifons il en auroit données qui feroient à portée de l'ignorant auffi

bien que du fçavant, & plus
folides que celles qui font
tirées des miracles où l'on
peut fi aifement être trompé:
Tout le monde a vû un homme gagner fa vie à mettre du
feu fur fa langé fans en être
brûlé : Pourquoi n'eft-ce pas
là un miracle plus grand même que la réfurrection d'un
mort ? Les efprits animaux
d'un corps peuvent vaincre
par leurs mouvemens imper-
ceptibles les obftructions qui
leur barroient les paffages & reprendre enfuite leur cours ordinaire : Nous en avons quelques exemples, & au raport
de Platon * un homme tué
dans une bataille & trouvé dix
jours aprez parmi des cada-
vres tout pourris, reffufcita
le douziéme jour fur un bu-
cher où il aloit être réduit en

cendre ; c'eſt pourquoi le véritable Chriſt ne permettra pas que ſes élûs tombent dans l'erreur en ajoûtant foi aux miracles, quelque grands qu'ils ſoient, qui ſeront faits par les faux-Chriſt & les faux Profêtes * : Les miracles ſont des preuves ſi équivoques que ceux qui ſeront honorés du don d'en faire au nom du Seigneur ne laiſſeront pas fort ſouvent que d'être réprouvés.

Matt. 24. ♈. 24.

Matt. 7. ♈. 22.

LIVRE TROISIEME

De l'Exiſtence de Dieu.

LEs cent Conſeillers de la République, apellés Glebirs demeurent au milieu de l'Iſle, dans une maiſon capable de loger huit à neuf

cents perfonnes. Leur principal emploi eft de faire des
loix. Voici l'ordre qu'ils tiennent pour en établir. Ils les
propofent aux deux Caludes,
ou Intendans de chaque habitation , & ceux-ci en parlent
aux particuliers , qui aprez en
avoir conferé entr'eux, leur difent leurs fentimens & leurs rai
fons à la troifiéme pleine lune.
Un Calude de chaque habitatiõ
en fait le raport aux Glebirs :
là-deffus ils fe déterminent ,
pourvû que la chofe paffe tout
d'une voix , fans quoi elle demeure indécife : mais qu'on ne
penfe pas que ces cent perfonnes n'entrent que dificilement
dans une même opinion ; ces
hommes font choifis parmi un
peuple qui n'a point de crime
dont il doit fe donner de garde, que celui de bleffer la rai-

fon , il l'étudie fans cefse , & il n'eft point diftrait de cette êtu de par les foins d'amafser des ri chefses, ou d'acquerir de l'hon neur : les terreurs paniques que donne la fuperftition , ou fes vaines ceremonies ne rempliſ fent pas la capacité de l'efprit des Avaïtes, n'en émoufsent pas la pointe , & ne confument point leur tèms.

Lors que la Loi eft faite , les Caludes l'anoncent aux par ticuliers de leur habitation , un mois avant qu'on l'obferve pendant lequel un chacun fait fes efforts pour convaincre les autres de la bonté de la nouvel le Loi. Perfonne ne croit obéïr aux Glebirs , & ceux-ci difent qu'ils ont le même Maître que les autres , qui eft la raifon.

L'Avaïte êtoit obligé de ren dre compte de fon voyage aux

Glebirs , pour examiner fi des découvertes qu'il avoit faites dans les pays étrangers , ils en pouvoient tirer quelque utilité pour le leur. Il partit donc le lendemain , & emmena avec lui Alatre & fes compagnons. Les Chemins font marqués par de belles allées d'arbre , & des fleurs de toute forte entre ces arbres égaient la vûe de ceux qui fe promenent & de ceux qui voyagent.

PREMIER DIALOGUE.

De l'Idée de Dieu.

Chriftofile , Alatre , Eudoxe, l'Avaïte & Samiefki.

U N voyage en Calejava eft veritablement une

promenade, & nos Philoso-
phes pouvoient fort bien s'en-
tretenir en faisant le leur. A latre ayant fait tomber la con-
versation sur l'existence de
Dieu, parla ainsi. Quoique
l'antiquité ait fait passer pour
athées Critias, Diagoras,
Theodore & Evemere, nous
aurions neanmoins de la peine à nous persuader qu'il y
en eût jamais eu de veritables,
si cette secte, aussi bien que
les autres, n'avoit eu ses Mar-
tyrs. Monsieur Dèricaut raporte*qu'à Constantinople on
executa un homme nommé
Mahomet Efendi, pour avoir
dogmatisé l'Atheisme, il pouvoit, comme Vanini, sauver
sa vie par un repentir, mais
il aimoit mieux, disoit-il, la sa-

* *Etat de l'Empire Ottoman liv. 2. chap*
12.

crifier

crifier à un amour pur & defintereffé de la verité. Il faut , dit
l'Avaïte , s'étourdir furieuse-
ment , pour donner dans l'A-
theisme:cet éfroyable aveuglement vient de ce qu'on renferme dans l'idée de Dieu des atributs,qui font contraires à cette
idée : On ne peut trouver que
dans la fuperftition des pretex-
tes pour défendre & juftifier
les Athées. La raifon veut que
l'homme foit infiniment inferieur à Dieu, & le fuperftitieux
ravale cet Eftre fupréme au
deffous de la nature humaine,
il le rend fujet à des fenfibilités
& à des caprices jufqu'auf-
quelles un honête homme ne
voudroit pas s'abaiffer ; n'eft-
il pas plus raifonnable de croire qu'il n'y a point de Dieu
que de penfer qu'il prend plaifir à un culte auffi étrange que

celui que l'on prétend qu'il
exige de nous , qu'il se met
en colere de ce que nous né-
gligerons quelques ceremonies qui nous coûtent beaucoup de peines & de tèms sans
que ni lui ni nous en tirions
aucun avantage ; mais pour
lever ces obstacles , faites abs-
traction de tous les atributs
qu'on a coûtume de lui donner en de certains Pays. Vous
avez , continua-t-il , quelque
idée de Dieu. Oûi sans doute,
répondit Eudoxe , car on ne
peut rien nier ni afirmer d'un
sujet dont on n'a aucune no-
tion. Pourrois-je dire qu'une
copie representeroit ou non
un original que je ne connoî-
trois pas ; afirmer ou nier
c'est juger qu'une idée en renferme ou en exclut une autre,
pour cela il les faut avoir tou-

tes deux : Or nous difons
que Dieu eft increé & qu'il
exifte neceffairement, delà un
Philofophe moderne infere
qu'il exifte actuellement, mais
il faut nous en convaincre par
des raifons plus touchantes &
moins metaphifiques. Vous le
ferezbien, dit l'Avaïte, fans moi
par des raifonnements affortis
à vôtre goût : Je vais vous de-
vancer & vous attendre au bord
de la riviere. Nos voyageurs
l'ayant paffée entrerent dans la
foixante-quatriéme habitation
de l'Ifle , celle des Glebirs eft
la premiere, la plus proche eft
la feconde & ainfi de fuitte en
fuitte. Un Avaïte prend pour
fon premier nom le nombre
de l'habitation où il eft né , &
le fecond marque en quel ordre il y eft né ; ainfi la feptiéme
habitation étoit le lieu de la

naiſſance de nôtre Avaïte , ſept cinquante-trois ou cinquante-deux perſonnes êtoient ve-nûes au monde avant lui. De cinquante en cinquante ans on recommance à compter par un. Les Avaïtes portent leurs noms ſur deux piéces de drap cou-ſûes à leurs habits. Toutes les maiſons des Avaïtes reſſem-blent à celles de nos Moines à quatre aîles , un jardin au mi-lieu & un cloître à l'exterieur, comme les anciens Romains.

SECOND DIALOGUE.

De l'exiftence de Dieu.

*Chriftofile , Alatre , Eudoxe
& Samiefki.*

APrez que nos voyageurs eurent mangé dans cette habitation , ils reprirent leur chemin & leur entretien : l'A-vaïte les devança , & Alatre commença à parler en cette forte ; nous avons dit , & il eft vrai , que nous avons quelque idée de Dieu , nous le regardons comme un Eftre infiniment parfait qui exifte de tout tèms par lui même & neceffairement , dependamment duquel tous les autres Eftres exiftent ; nous voyons que tous les autres Etres peuvent ne pas exister, quelle impossibilité y a-t-il à ce que moi qui n'étois pas il y a cent ans ne fusse pas encore aujourd'hui ? On conçoit clairement qu'une chose qui n'est pas ne peut rien faire, & encore moins se produire elle même, mais si ce qui n'est pas ne peut pas se donner sa propre naissance, il faut qu'il y ait eu quelque Etre avant les autres pour les créer, ou ils ne seroient pas, puisqu'ils ne pourroient se créer eux-mêmes, & qu'il n'y auroit rien eu pour les créer ; cet Estre qui a été avant tous les autres pour les tirer du neant a été de toute éternité, car s'il y avoit quelque tèms qu'il n'eût pas été, n'y ayant rien avant lui pour le produire, & ne le pouvant

pas lui-même, il n'auroit jamais commancé d'êre ; il y a
donc eu un Eftre neceffairement de tout tèms ; or moi &
les autres êtres n'exiftons pas
de tout tèms & neceffairement;
tout au contraire, on voit
bien que nous pouvons ne pas
exifter, & qu'il fe pouvoit faire que nous ne fuffions jamais,
fi cela eft, il y a quelque chofe qui nous a fait, qui exifte
neceffairement & de tout tèms
& qui eft Dieu ; cet argument,
dit Eudoxe, eft invincible, &
le feul retranchement des ré-
belles à la vérité eft la difficulté que l'efprit humain trouve
à comprendre un Eftre éternel, mais pour refufer l'éternité à un être infiniment parfait,
il faut l'accorder à la terre ou
à l'univers ; & bien loin de
lever la dificulté on l'augmen-

par là. Je ſçais bien , répondit Samieski , que les gens qui ſont acoûtumés à ces preuves métaphiſiques en ſont plus pénetrès que des autres ; mais comme on trouve fort-peu de ces eſprits profonds , je prends une autre route ; fais-ſe conſiderer atentivement la diſpoſition du corps humain , principalement ce que les Anatomiſtes diſent de l'œil & de l'uſage des mains. La generation des animaux, la production du fœtus ſont de véritables merveilles auſſi bien que l'ordre que Dieu a établi , pour que les meres euſſent ſoin de leurs petits ; car elles y ſont forcées pour ſe décharger du lait qui les incommode , ſi vrai qu'à défaut des leurs elles en nourriſſent d'autres d'une eſpece quelquefois diferente. Ces mi-

racles continuels de la nature
partent fans doute d'une intelligence & d'une autre intelligence que la nôtre ;
comment celle d'une femme
contribûeroit-elle à la production de fon fruit qui fe
forme à fon infçû ? Qu'on confidere l'univers , il n'eft pas
inferieur à la plus belle ar-
chitecture d'un Palais ; & fi on
ne peut pas penfer en voyant
un Palais qu'un être qui n'eft
pas intelligent en foit l'architecte , qui croira que l'Auteur
de la nature ne le foit pas infiniment , & qu'il ne foit pas
Dieu ? Mais , dit Chriftofile ,
ne peut-il pas tomber dans
l'efprit d'un homme , que l'u-
nivers eft increé, qu'il eft Dieu?
Quoi ! répondit brufquement
Alatre , mes excremens , moi-
même , fi l'on veut , je fuis

partie de l'univers, je fuis une
partie de Dieu ? Que Dieu feroit peu heureux, & malheureux quelquefois dans une de
fes parties ; & ce qui eft plus
abfurde eft, que ce foit par une
autre de fes parties , je veux
dire par une pierre qui me
bleffe , ou un énnemi qui m'o-
fenfe : Que de miferes, que
d'imperfections dans cet être
qui eft bien effentiellement!
Je ne fçais comme on peut
dire, même en riant, qu'un
rocher qui eft une partie de
l'univers foit une partie de
Dieu ; y puis-je apercevoir
non plus qu'en moi , la néceffité d'exifter qui eft un atri-
but de Dieu : On voit évidemment avec un peu d'atention que les corps ne fe peuvent pas mouvoir eux-mêmes
& qu'ils ne fçauroient fe tirer

de leur repos ; mais fi un corps
ne fe peut, donner aucun
mouvement local ni à d'autres,
fans en avoir auparavant, il
faut que celui que nous leur
voyons leur vienne de quelque autre être qui n'eft pas
corps, qui foit leur premier
moteur ; & ce premier moteur
de toutes chofes eft Dieu. On
trouve par tout, dit Chriftofile, & jufques dans les objec-
tions des preuves de fon exiftence ; c'eft pourquoi je m'é-
tonne qu'il y ait eû des Critias & des Evemeres : Il eft
vrai, répondit Alatre, qu'ils
ont paffé pour Athées, mais
ils ont auffi paffé pour des
gens d'honneur & de probité ; ce qui a fait croire à Clement Alexandrin qu'ils n'ê-
toient Athées que parce qu'ils
croyoient en l'unité de Dieu;

Mais aujourd'hui que le po-
liteifme ne peut donner lieu
à cette méprife, que dirons-
nous du Chancelier de l'Hof-
pital foupçonné d'Atheifme,
d'un autre dont parle Balzac,
& de celui qui vécut fous
Charles IX. qui ont été des
gens irreprehenfibles, de cette
Secte nombreufe d'Athées :
Turcs, dont parle Mr. Déri-
caut, compofée de Cadis &
Sçavans qui vivent fort chari-
tablement entr'eux, & qui
s'aident réciproquement les
uns les autres ? La charité,
les mœurs réglées portent-
elles le caractere de l'Atheifme ? Non fans doute : Pour
moi je penfe que ces Athées
n'ont paffé pour tels, qu'à
caufe qu'ils n'avoient point
de Religion ; car fans Religion
on peut vivre moralement

bien, quoique dans le monde
on ne démêle point l'Atheisme de l'irreligion, & l'irreligion d'un abandonnement à
toute sorte de vice : Lucrece
cependant séfforce de prouver que la fausse Religion
cause de plus grands maux que
l'irreligion. Dégagé de toute
sorte de joug , l'amour propre ne recherche que son plaisir; un homme qui raisonne
juste voit bien qu'il ne le peut
trouver qu'en en procurant
aux autres , & qu'il ne sçauroit être heureux si dans son
bonheur les autres ne trouvent le leur ; il faut donc pour
être heureux rendre les autres
heureux aussi : La fausse Religion au contraire excite de
ces passions si funestes qui ont
armé le pere contre le fils, qui
ont désolé tant de Provinces,

& ravagé tant de Royaumes ; elles ont souvent réduit les hommes dans un état plus miferable qu'ils n'auroient été en vivant fans honneur & fans Loi : Alatre parloit ainfi avec chaleur , tant par inclination que pour s'acommoder aux fentimens des Avaïites qui prétendoient qu'avec une fauffe Religion on ne pouvoit être honnête homme , parce qu'un faux principe nous égare du chemin de nôtre devoir.

✣✣✣✣ ✣✣✣✣ ✣✣✣✣ ✣✣✣✣

LIVRE QUATRIEME.

De l'immortalité de l'ame.

PREMIER DIALOGUE.

Christofile, Alatre, Eudoxe & Samieski.

LA seconde vérité , dit Alatre le lendemain, dont nous avons à nous convaincre est l'immortalité de l'ame ; pour cela il faut commancer par nous défaire d'un préjugé des plus ordinaires , & des plus faux que nous ayons qui est de croire que nous connoissons nôtre corps, & que nous ne connoissons pas nôtre ame ; il est vrai qu'on sent, qu'on voit & qu'on touche un corps; mais il n'y a pointd'homme si plongé dans les préjugés qui croie qu'un mort puisse sentir, voir & toucher; tout le monde sçait que les sentimens sont des actions de l'ame que l'on distingue si bien, que jamais personne ne s'y méprend & ne pense toucher quand il voit, ou voir quand il touche; l'ame se connoît donc elle-même par des sentimens plus distincts que ceux par lesquels elle connoît des corps.

Qu'elle soit un air pur & chaud, un air quintessencié, un esprit subtil, corps, ou non, il n'importe: Si ce corps sent & pense par sa nature, si la pensée n'est pas une maniere d'être d'un corps & qu'il pense toûjours, l'ame ou la substance qui pense est immortelle

mortelle ; mais si la pensée ne
consiste que dans le mouvement ou la figure d'un air subtil, la pensée cessera par le repos de cet air ou le changement de sa figure. Je veux
supofer , répondit Eudoxe,
que le mouvement du haut
en bas , ou la figure ronde ;
par exemple, fasse le sentiment de la soif ; ce sentiment
est dans mon ame , comme
nous l'avons dit ; mais si je
fais réflexion que je me ferois
du mal de contenter l'envie
que j'ai de boire , je forme le
dessein de m'en abstenir , qui
est aussi en même tèms dans
mon ame ; l'une des pensées
n'exclut pas l'autre , bien loin
de cela , je ne prendrois pas
la résolution de dompter la
soif si dans le même tèms je
ne la sentois me dévorer les

H

entrailles ; j'ai donc en même tèms une envie de boire
& une non envie de boire,
pour ainſi parler , & mon ame
eſt agitée dans nôtre ſupoſi-
tion de deux mouvemens differens , l'un de haut en bas ,
& l'autre de bas en haut où
ſa figure eſt ronde & quarrée,
& tout cela dans le même
tèms ; mais la matiere n'étant
pas ſuſceptible tout à la fois
de ces modifications ſi contraires , le ſentiment ou la
penſée ne conſiſte pas dans la
figure ou dans le mouvement
de la matiere ; & ſi c'eſt elle
qui penſe elle penſera toûjours en quelque état qu'elle
ſoit : ce raiſonnement , dit
Alatre , me paroît ſolide , aiſé
& nouveau ; mais la difference du corps & de l'ame prouve encore mieux ſon immortalité.

L'ame , pourfuivit-il , eft une fubftance qui penfe, c'eft à dire, qui fent, qui veut, qui aperçoit , qui réflechit , qui doute , qui juge , qui raifonne , qui admire , qui aime & qui hâit ; il faut prendre garde de ne rien mettre dans l'idée de l'ame que la penfée , & fes atributs , dont il n'y en a aucun qui foit corporel , & dans l'idée de la fubftance étendûe il n'y faut rien mettre qui convienne à l'ame , mais feulement les atributs de la matiere , comme le mouvement & la figure : Alatre ajoûta beaucoup de chofes qu'on a coûtume de raporter de S. Auguftin pour éclaircir cette diftinction de l'ame & du corps : Mais c'eft affez de confiderer atentivement l'idée de la fubftance étendûe pour n'y

rien trouver que la capacité
d'être mûe en plusieurs manieres , & celle de recevoir
plusieurs figures : Quelque
soit un mouvement lent ou
précipité en haut ou en bas ,
en long ou en rond , c'est un
mouvement , & non une vo-
lonté , un raisonnement ou
quelque autre pensée : Que
la matiere soit subtile ou
grossiere , qu'elle prenne quelque figure qu'on voudra , elle
fera de la matiere subtile ou
grossiere , ronde ou quarrée ;
mais elle ne fera pas un désir,
un doute , ou une perception:
Que l'on considere au contraire la pensée , on n'y voit
ni mouvement ni étendûe ;
un *oüi* , un *non* , ou *un doute*;
par exemple , ne se remûent
point de leur place , ils ne
font ni longs , ni larges , ni

ronds ou quarrés : La fubftance
qui penfe eft donc une autre
fubftance , que la fubftance
étendûe : Et qu'on ne dife
point que nous ne connoiffons
pas affez la matiere pour fçavoir , fi elle peut penfer , ou
non ; fi en devenant capable
de penfer , & en penfant elle
ceffe d'être matiere , alors
nous ne la connoiffons pas ;
mais il eft vrai que la fubftance qui penfe n'eft pas corps ou
matiere ; fi pour penfer elle ne
change pas de nature , fi elle
eft toûjours étendûe & figurée,
la penfée l'eft auffi , un *oüi* eft
long , large , profond , rond,
ou quarré ; la matiere eft divi-
fible, un *doute* l'eft auffi , &
on peut le partager en deux
ou trois parties , & dire , voilà le tiers ou le quart d'un *oüi*,
d'un *non* ou d'une autre pen-

fée ; ce qui eſt abſurde , ridicule , & extravagant : Il eſt
clair & évident par la ſeule
conſideration de l'idée de la
ſubſtance qui penſe qu'elle
n'eſt point étendûe ; or il ſuf-
fit que l'une des ſubſtances ait
toûjours une qualité que l'autre n'a jamais , ſans en connoître davantage , pour dire que
l'une n'eſt pas l'autre : Mais ſi
l'ame eſt une autre ſubſtance
que le corps elle ne perit
point par la mort qui ne fait
que changer les manieres d'ê-
tre du corps , & même la penſée n'en eſt pas une comme
nous l'avons prouvé : Si le
corps ne s'aneantit point par
la mort , pourquoi l'ame s'a-
neantiroit-elle ? elle qui n'a
point de parties & qui n'eſt
point capale de diviſion.

SECOND DIALOGUE.

Réponſes aux objeċtions.

Chriſtofile , Alatre , Eudoxe , & Samieſki.

IL eſt bon , pourſuivit Alatre , dans une matiere auſſi importante que celle que
nous traitons , déclaircir
toute ſorte de doute , & de
diſſiper tous les nuages qui
peuvent obſcurcir la verité :
Il n'eſt pas beſoin cependant
de refuter fort au long quelques objeċtions tirées de l'u-
nion de l'ame & du corps :
On dit que la raiſon croît &
diminûe comme le corps ; mais
on ne peut pas inferer de là
que l'ame ſoit corporelle, tout

ce qu'on en peut conclure eſt,
que pour ſes fonctions elle
dépend du corps : A l'ocaſion
des divers mouvements des
fibres elle a des penſées differentes, & à proportion que
les fibres ont plus ou moins
de confiſtance & de ſolidité,
l'ame eſt capable de plus ou
moins d'aplication, d'où dépend la force de la raiſon:
Mais ſur quoi apuiés-vous,
dira-t-on, cette dépendance de
l'ame ? Je répond, que c'eſt
ſur ſa ſpiritualité, dont je
ſuis certain par l'idée que j'en
ai, & ſur ce qu'il eſt impoſſible d'expliquer les change-
ments qu'on y remarque, que
par cette dépendance à laquelle Dieu veut qu'elle ſoit aſſu-
jettie en ce monde ; & qui
nous empêche de croire qu'elle ne puiſſe croître ou dimi-

nuer

nuer en perfection, quoique
fpirituelle, & même dépendan-
ment du corps, fi par l'union
qu'elle a avec lui, elle eft
obligée de penfer par raport
à lui : Quelle que foit cette
union, on ne fçauroit douter que l'ame ne foit fpirituelle ; on ne fçauroit douter
qu'elle ne dépende en quelque façon du corps, comme
il paroît dans nôtre mémoire
qui eft infidelle, quand nos
penfées n'ont pas gravé des traces affez profondes dans le
cerveau, principalement pendant le fommeil ; mais cette
dépendance détruit-elle la nature de l'ame, & change-t-elle
un efprit en corps ? Je ne fçais,
dit Eudoxe, pourquoi on
trouve quelque peine à croire que Dieu ayant voulu une
fois que l'efprit à l'occafion

I

des differents mouvements qui arrivent dans le corps, eut des penſées differentes, il faille enſuite que leur force croiſſe ou diminûe, à l'exemple du corps; Je connois en me regardant dans un miroir que les eſprits n'ont de commerce avec les corps, que par des volontés de Dieu, qui a ordonné qu'en conſequence de tels mouvements qui ſe font dans nôtre corps, nôtre ame ait de tels ſentiments, parce que l'image de mon viſage qui va au miroir pour revenir à mon œil, n'eſt pas telle dans le miroir & dans mon œil qu'elle eſt dans mon ame; ſi elle avoit de la largeur d'un demi pied, celle qui revient du miroir ſe heurteroit & ſe briſeroit en chemin contre celle qui y va,

& fans fe brifer un demi pied
ne pafferoit pas par mon œil.

Or s'il n'y a rien de fembla-
ble à mon vifage ni dans le
miroir ni dans mon œil ; ce
n'eft pas de là que mon ame
tire fes connoiffances , & fi fa
dépendance ne confifte qu'en
ce qu'elle puife de mon corps
fes idées, ne difons plus qu'elle en eft dépendante , & ne
concluons point de ce faux
principe qu'elle eft corporelle;
mais avoûons qu'elle eft affu-
jettie à un être qui nous la
fait paroitre dépendante du
corps.

On a fondé fur cette dé-
pendance le fyfteme de la réü-
nion de nos ames avec nos
corps, ou de la metempficofe,
comme fi nos ames n'étant
propres qu'à faire un tout avec
eux ne pouvoient fubfifter fé-

parément ; le jour d'une grande bataille & aprez le prin-
tèms qu'elles ne trouvent pas
toutes à leur fortie des corps
propres à les recevoir, elles
font donc obligées de fufpen-
dre leur exiftence ; ou fi Dieu
ayant épuifé fa puiffance par
la création d'une certaine
quantité d'ames en prend dans
un magafin à mefure qu'il en
a befoin, il fuffit qu'une fois
Dieu ait voulu qu'une ame fut
creée lorfqu'il y aurcit un
corps difpofé d'une certaine
maniere, afin qu'enfuite elles
foient toûjours creées en ce
tèms là.

A ces raifons on peut ajoûter, dit Alatre, que Dieu eft
une intelligence parfaite qui
ne peut rien faire que pour
une fin : Dieu nous a donc
creés ou pour lui, ou pour

nous, ou pour quelqu'autre; ce
n'eſt point pour lui , ſon bonheur ne releve point de nôtre
création; pour les autres êtres,
bien loin qu'ils tirent de nous
quelques avantages , nous les
faiſons au contraire tous ſervir à nôtre utilité : Auſſi les
Stoïciens diſoient , * que *tout*   * ci-
étoit creé pour les hommes ,   cer. 1
& que les hommes étoient   de off.
lib. 1.
creés les uns pour les autres:
Il eſt vrai que les hommes
doivent en ce monde ſe rendre réciproquement de bons
offices.

Que ceux qui vivent main-
tenant ſe les rendent ; à quoi
aboutiront-ils quand tous ſeront morts & aneantis ? Dira-
t-on que le pere eſt fait pour
le fils , ce fils pour un autre ,
& ainſi de ſuite en ſuite pendant toute l'éternité ? Mais

autant vaudroit à l'égard de
ceux qui font morts, & de
ceux qui vivent aujourd'hui,
que Dieu commançât à créer
le monde que de l'avoir créé
il y a dix mile ans ; d'ici à dix
mile ans & jufqu'à l'infini, il
fera vrai de dire en tout tèms,
tout l'ouvrage que Dieu a fait
jufqu'ici eft inutile, autant
vaudroit-il qu'il fe fut repofé,
& qu'il ne commençât qu'aujourd'hui à travailler : Ce fentiment eft indigne de Dieu.
Un Etre éternel ne peut rien
faire que par raport à l'éternité.

Il eft difficile fans doute, continua-t-il, de tenir contre tant
de preuves fi vifibles, fi certaines & fi convaincantes, ici principalement où la vérité eft d'a-
cord avec nos defirs qui ten-
dent tous à l'immortalité dans

une ame qui a un peu d'éle-
vation de cœur & d'efprit:
Qui croira que cet efprit où
l'on remarque tant de vivacité pour comprendre des
queftions fi épineufes, tant de
fubtilité pour déveloper des
vérités fi abftraites , tant d'habileté pour perfectionner les
fiences & les arts & pour in-
venter diverfes commodités
de la vie ? Qui croira , dis-je,
que cet efprit foit d'une con-
dition plus infortunée que le
corps que le trépas même ne
replonge point dans le néant?
Quoi ! cet efprit qui penfe
toûjours , qui eft toûjours en
mouvement qu'il fe donne lui-
même ; peut-il ceffer de fe
mouvoir ? peut-il fe quiter &
s'abandonner foi-même ! Au
pis aller ; je veux que cette
vérité ne foit qu'une queftion

problematique : Que rif-
quons-nous de nous tromper
fi l'ame eft mortelle? Mais que
ne rifquons-nous pas fi aprez
avoir vécu dans ce fentiment
nous trouvons un jour nôtre
criminelle confiance malheu-
reufement déçûe.

QUATRIEME DIALOGUE

Des confequences du Dialo-gue précedent.

Chriftofile , Alatre , Eudoxe, Samiefki & l'Avaïte.

L'Avaïte au lieu d'aller ,
fuivant la coûtume du
Pays , entendre quelque con-
cert à la fin du travail , ou
prendre quelque plaifir fem-
blablc , alla joindre nos Eu-

ropeans & leur dit, je crois
que vous êtes convaincus de
l'immortalité de l'ame, & c'eſt
ſans doute une grande raiſon
pour ne pas craindre la mort;
on peut alors la regarder fixe-
ment, on n'y trouve que la
fin du commerce que nous
avons les uns avec les autres
à l'ocaſion de nos corps & un
azile contre les maux auſ-
quels nous ſommes expoſés
en cette vie : Ne pourroit-on
pas comparer les morts à ceux
qui voyent avec plaiſir ſur le
rivage un vaiſſeau batu de la
tempête.

Le cœur ne trompe point
celui qui ſe croit immortel,
il voit tout avec netteté & ſans
trouble; parce qu'il voit tout
avec indifference, lorſqu'il con-
ſidere le peu d'eſpace que les
choſes de cette vie ocupent

dans l'étendûe de fa durée, peuvent-elles exciter en lui des paffions qui l'agitent, qui le troublent & qui le décon-certent ? Me puis-je croire heu-reux par la poffeffion d'un bien qui va m'échaper dans un moment ? Me puis-je croi-re par la même raifon mal-heureux pour un mal qui va finir auffitôt ? Cette vie n'eft pas un inftant dans l'éternité. Qu'il eft facile ,, pénetré de ces fentimens , d'être modefte & peu avide de gloire ? Que m'importe fi le monde m'efti-me ou ne m'eftime pas , je le vais quiter dans peu , & je vais être éternellement fans lui ! On peut, pourfuivit Alatre, s'aplanir aifement dans ce point de vûe le rude chemin de la vertu : Si la vie eft fi peu de chofe, que rifque un

Soldat à l'expofer pour faire
fon devoir? L'avare peut-il fe
pardonner les petiteffes où il
fe furprend, les humiliations
& les hontes qu'il effuie pour
fe conferver des biens qui ne
peuvent procurer que des
commodités momentanées ?
La fortune la plus brillante
eft-elle digne de nôtre envie?
La mort me va rendre égal à
ces coloffes de puiffance que je
contemple fi avidement, moi
qui fuis fi abaiffé que ce n'eft
qu'avec peine que je leve affez
la tête pour les regarder. Pourquoi ne faifons-nous pas comme un grand Seigneur qui fe
cache fous des haillons , il
méprife ceux qui le mépri-
fent, parce qu'il va dans peu
reprendre fon rang & fa dig-
nité. Il eft vrai, dit l'Avaïte,
que ce qu'il y a de plus grand

dans l'homme eſt l'homme
même ; ſes perfections naturelles ſont de penſer & d'être
éternellement heureux ; mais
celles dont quelques-uns d'eux
s'emparent comme d'un bien
qui leur eſt particulier méri-
tent-elles quelque eſtime en
comparaiſon des autres qui
ſont d'un prix & d'une durée
infinie ? De ſemblables réflexions remplirent le reſte de
la journnée : l'Avaïte leur dit
que c'étoit par ces raiſons
qu'Ava avoit porté Cacoumiſon à renoncer à la Royauté,
& qu'aprez avoir reconnu que
les hommes doivent même en
ce monde être, autant qu'il
eſt poſſible, également heureux , ils avoient introduit
en Calejava les Loix fonda-
mentales de la République.

CINQUIEME DIALOGUE.

De la Liberté.

Chriſtofile , Alatre , Eudoxe & Samieski.

POur devenir parfaits Avaïtes , dit Alatre le lendemain , nous n'avons plus
qu'un pas à faire ; c'eſt de
nous convaincre , que nos
crimes ne font pas impu-
nis en l'autre vie , & que nous
y recevrons la recompenſe qui
eſt dûe à nos bonnes actions :
Mais il faut auparavant, répondit Eudoxe , commancer par
prouver nôtre liberté , quoique je ne penſe pas que perfonne en puiſſe douter fe-
rieuſement : Il eſt de l'eſſence

d'un être intelligent de connoître le bien & le mal ; l'amour est l'effet nécessaire de l'un, comme l'autre produit la haine infailliblement, & ces passions sont volontaires, & sans contrainte ; on aime parce qu'on veut aimer, & on le veut librement, mais si librement qu'on ne peut pas nous forcer à vouloir aimer le mal, ou à vouloir hair le bien : Un chacun sent qu'il est libre, & qu'il forme soi-même tous les actes de volonté qu'il forme : Je le crois ainsi, dit Samieski ; car si on me présente un jeu de cartes pour couper, je sens que je puis le faire environ au milieu, ou plus bas, ou plus haut ; si vous me le contestez je couperai, sans autre raison que pour exercer ma liberté,

& pour vous en convaincre ;
je couperai, dis-je, dans un
autre endroit que celui où
vous soûtiendrez que je suis
obligé de le faire : Il est vrai,
répondit Chriſtofile, que nous
ſommes libres & indifferents
dans les choſes qui n'ont pas
plus d'aparence de bien que
de mal, comme dans l'éxem-
ple que vous aportez : Mais
le ſommes-nous à juger que
ce qui nous paroît un bien,
ſoit un mal, ou que ce qui
nous paroît un mal, ſoit un
bien, de même qu'à nous donner pour vrai ou pour faux,
ce qui ſe repreſente ſous une
autre image à nôtre eſprit ?
En quoi conſiſte donc nôtre
liberté ? Ce n'eſt pas, dit Alatre, dans le pouvoir de prendre pour vrai ou pour faux,
ce qui ne l'eſt pas, & pour

haïſſable, ce qu'on trouve aimable, ou pour aimable, ce
qu'on eſtime digne de nôtre
haine & de nôtre averſion :
Quel avantage Dieu nous auroit-il fait en nous laiſſant
les maîtres de nous rendre
malheureux de deſſein formé ?
Mais ſi nous ne pouvons pas
nous empêcher de conſentir à
ce qui nous paroît vrai, ce
n'eſt qu'aprez qu'il paroît tel
évidemment : Juſqu'à ce que
nous ſoyons arrivés à ce terme, nous ſommes toûjours
dans les bornes de la proba-
bilité ou de la vraiſemblance,
& les maîtres en cet état de
douter & de chercher à nous
éclaircir davantage ; voilà en
quoi conſiſte nôtre liberté :
Si nous avons le tèms d'en
uſer, & que nous arrêtant au
milieu du chemin, pour nous
épargner

épargner la peine que l'efprit
trouve à s'apliquer , nous pre-
nions le faux pour le vrai , ou
le mal poar le bien , au lieu
de donner tous nos foins à
déterrer la verité , & à nous
garantir de toute forte de méprife autant qu'il eft en nôtre
pouvoir , alors nous ne pro-
fitons pas de nôtre liberté , &
nous tombons dans l'erreur par
nôtre faute , & quand nous ne
courrions que le hazard de
nous tromper , nous ne ferions
pas irreprehenfibles , comme
nous ferions impécables fi nous
n'êtions pas libres ; le feul crime qu'on nous puiffe imputer eft le mauvais ufage de nôtre liberté , en la maniere que
nous venons de l'expliquer.

Alatre & Eudoxe firent enfuite quelques vains efforts ,
pour prouver les peines de

K

re vie ; mais l'Avaït

int, & qui les trouv

ffés , leur dit que

ologiens qui font en

tion des Glebirs , leu

)ient des principes ,

tire des preuves cor

es de cette vérité

e la terre croyoit [

inftinct que par rai

LIVRE CINQUIE'ME.

DE PLUSIEURS
Coutumes des Avaïtes.

PREMIER DIALOGUE.
De la Culture de la terre.

Christofile, Alatre, Eudoxe, Samieski & l'Avaïte.

EUdoxe ayant rencontré sur le chemin une grande roûe d'environ quinze piés de diametre, large de deux, & un peu plus, en demanda l'usage à l'Avaïte; il lui répondit que des hommes en se mettant dedans, la faisoient tourner, que les lames d'acier

K 2

qu'on voyoit tout au tour de ſix en ſix pouces faire un angle de cent-dix degrés avec le diamétre , s'enfonçoient par la peſanteur de la machine dans la terre , la renverſoient & la cultivoient : Nous cultivons d'une autre maniere , ajoûta-t-il les terres pierreuſes ; des hommes dans une roûe font mouvoir un eſſieu, auquel eſt ataché par une corde un fer qui fend la terre, comme vos charûes , & qu'on tire aſſez facilement par le ſecours des moufles.

Pour voiturer par terre nous atachons par des cordes un madrier à un eſſieu quarré , qui entre dans les moyeux quarrés de trois roûes aſſez larges , celle du milieu ne poſe point à terre ; des hommes y entrent, la font mou-

voir, & font avancer les ma-
driers en des chemins toûjours
beaux, autant qu'un homme
avanceroit à pié : Mais pourquoi, dit Alatre, ne se pas
décharger sur les animaux de
ces sortes d'ouvrages ? Nous
ne croyons point, répliqua
l'Avaïte, la métempsicose ;
mais nous pensons qu'il y a
autant d'ames nouvelles que
de corps nouveaux, que ces
ames font destinées à un bonheur éternel ; & dans cette
pensée rien ne nous raproche
plus de Dieu, que de coope-
rer avec lui à communiquer à
autant de sujets qu'il est pos-
sible cette félicité éternelle ;
pour cet effet la terre ne nous
sçauroit fournir trop de fruits
pour subvenir à leur subsistan-
ce, & vous sçavez cependant
que vos animaux en consu-

ment bien la moitié.

En discourant ainsi ils arriverent sur le milieu du jour en
une habitation où on leur dit
que dans peu on devoit faire
des mariages, ils y séjournerent
pour en voir les ceremonies.

———————— ———— · ———— ————

SECOND DIALOGUE.

De la Police generale des Avaïtes.

PEndant le séjour que nos
Europeans firent en cette
habitation , ils aprirent que
tous les Avaïtes , sans en ex-
cepter même les Glebirs , tra-
vaillent deux heures & demie
le matin , & autant l'apresdi-
née à cultiver la terre , quand
le tèms le permet ou dans une
autre saison à quelque mêtier;

Les Médecins ne s'atachent en tout tèms qu'à leur profeſſion : Les Caludes ont ſoin avec quelques vieillards qui ne ſont plus en êtat d'agir , de prendre garde que tout le monde s'aquite de ſon devoir : Ceux qui ne le font pas ſont regardés avec mépris ; comme cette peine eſt ordinairement trop forte , les Caludes ménagent beaucoup la pudeur des gens, ſi l'on trouvoit cependant quelqu'un qui ne fût pas aſſez ſenſible à la honte , on le réduiroit à ſon devoir par d'autres moyens : Les fruits de la terre & les ouvrages des particuliers ſont mis dans dés Magaſins , & les Caludes les diſtribuent à chacun ſelon ſes beſoins : Ceux d'une habitation qui manquent de quelque choſe en vont prendre

vers ceux qui en ont trop , &
à cet effet il y a des gens qui
vifitent de fuite en fuite toutes les habitations de l'Ifle.

Chriftofile admira cette police , mais cependant , dit-il ,
on y remarque encore les vef-
tiges du peché du premier
homme : Puifqu'il faut travailler : Il eft vrai , ajoûta-t-il,
qu'un exercice moderé , tel
que celui des Avaïtes, fans foucis & fans inquiétudes eft néceffaire à la fanté , & j'avoûe
que fi en France la Nobleffe,
l'Eglife , les Moines , les Va-
lets , les Domeftiques inutiles , les gens de Palais , les faineants , les Ouvriers des chofes vaines & fuperflûes parta-
geoient avec les autres le travail qui produit quelque avantage réel & effectif ; il n'y en
auroit pas pour chacun autant

tant qu'il en faut pour se bien porter ; mais c'est toûjours travailler : Quoi ! prétendez-vous, répondit Alatre, que l'homme n'auroit rien fait s'il n'avoit point peché ? Dieu mit Adam dans le Paradis, pour le garder & le cultiver.*

Prendriez-vous pour bonheur un repos continuel ? Qui pourroit soûtenir toute sa vie le languissant ennui de n'avoir jamais rien à faire ?

* *Tulit ergo Dominus Deus hominem & posuit eum in Paradiso voluptatis, ut operaretur & custodiret illum.* Genes. cap. 2. vers. 15.

L

TROISIEME DIALOGUE.

Des Mariages des Avaïtes.

Chriſtofile, Alatre, Eudoxe Samieſki & l'Avaïte.

L'Avaïte quelques jours aprez mena voir à nos Philoſophes les cérémonies des mariages du Pays & leur dit : Si le plus grand bien que Dieu nous ait jamais fait eſt celui de nous avoir creés, puiſque celui-là eſt le fonde- ment de tous les autres, il ſemble qu'on ne puiſſe pas rendre un meilleur office au genre humain que de con- courrir avec Dieu à la créa- tion des hommes, & que le plus grand crime de tout eſt

de s'en abftenir ; nous le pu-
niffons plus féverement que
l'homicide ; celui-ci ne ravit
pas comme l'autre une éternité d'exiftence ; nous le trouvons plus puniffable dans la
femme que dans l'homme ;
parce qu'un homme peut en
remplacer plufieurs autres par
la poligamie ; mais une femme ne fçauroit mettre au
monde les enfans qu'une autre eft chargée d'engendrer :
En vérité , s'écria Alatre , ces
coûtumes font bien differentes de celles des peuples qui
loüent tant la chafteté & qui
puniffent d'une mort cruelle
les femmes qui perdent leur
honneur : * Pour nous , dit
l'Avaïte , nous voulons que
toutes les femmes fe marient;
& comme la generation eft la
principale fin du mariage ,

* *Veftales de Rome.*

nous ne permettons pas qu'u-
ne femme demeure plus de
trois ans avec un époux sans
en avoir d'enfans ; hors ce cas
le divorce est défendu, si ce
n'est du consentement des
deux parties, ou que l'une
d'elles ait de justes sujets de le
demander : Vous voyez, pour-
suivit l'Avaïte, que la poligamie est permise parmi nous.
Ces beaux sentimens de vos
Romans sont regardés comme
des sentimens outrés & extravagans : En achevant ces mots
on entra dans une salle où les
hommes à marier écrivoient
quelle place tenoit en son
cœur chaque femme qui étoit
à marier : Les femmes vis-à-
vis des hommes rangées de
même en faisoient autant à
leur égard.

Pendant que les hommes

& les femmes danfent à leur
maniere, les Caludes confe-
rent leurs inclinations réciproques, par raport aufquel-
les ils tachent de les affortir
le mieux qu'il eft poffible,
comme dans les autres Pays
on les alie, eû égard à leur
naiffance & à leur bien ; auffitôt que les Caludes ont ajufté
le mieux qu'ils ont pû les inclinations des uns & des autres, ils aportent à chaque
homme fon nom & celui des
femmes qu'il doit prendre :
celui-ci leur atache le fien &
elles en font de même à leurs
époux : On collationne, aprez
quoi les hommes chantent des
hymnes à l'honneur du ma-
riage, & les femmes danfent
environ une heure ; parce que
les Avaïtes eftiment que la
danfe les difpofe à la genera-

tion. La danſe finie les hommes qui n'ont pas trente ans ſe
retirent dans leurs chambres
avec leurs femmes, les autres
ſe promenent, ſoupent, joûent
danſent & chantent avec les
leurs & enſuite ſe retirent
avec elles; pour les autres il
ne leur eſt pas permis de paſſer une nuit avec leurs épou-
ſes; on a peur qu'un homme
âgé de moins de trente ans ne
ménage pas aſſez ſes forces &
ſa ſanté.

QUATRIEME DIALOGUE.

De l'Education des Enfans.

L'Avaïte, Chriſtofile, Ala-
tre, Eudoxe & Samieſki.

NOs Philoſophes partirent
dez le matin pour l'habi-

tation des Glebirs & s'embarquerent à midi fur une riviere qui paffe à trois miles de cette habitation : Comme la riviere étoit plus groffe & plus rapide qu'à l'ordinaire, ils la remonterent plus vîte fans rames, fans voiles & fans chevaux, mais par une machine.

Nos voyageurs étant arrivés à l'habitation des Glebirs, furent logés entre les Philofophes ou Theologiens & ceux qu'on deftine à élever la jeuneffe, qu'on apelle Maîtres des enfans, & en la langue du Pays Lucades y Bergli : Les enfans quitent leur mere à l'âge de quatre ans pour paffer fous la difcipline de leurs Maîtres ; je trouve les Avaïtes fort fages de ne confier l'éducation des jeunes gens qu'à des perfonnes capables de cet emploi, & non à des peres qui n'ont fort souvent aucun naturel pour cela ; & quand ils en auroient ils en deviendroient incapables par l'amour qu'ils ont pour les uns, & la haine qu'ils ont pour les autres ; d'ailleurs ils sont plus ocupés du soin de leur amasser du bien que de celui de les bien élever ; on aprivoise les animaux les plus feroces, on les acoûtume à faire des choses directement oposées à leur penchant naturel : Croit-on que l'homme seroit moins diciplinable si on se donnoit toute la peine nécessaire pour l'instruire ? Les enfans trouvent encore un autre avantage dans la conduite des Avaïtes ; ils sont affranchis de l'empire paternel, dont le poids

les acable dans les autres Pays,
& les expofe aux caprices d'un
homme fort fouvent déraifon-
nable ; car la qualité de pere
ne donne point de la raifon,
bien loin de cela , il femble
qu'elle nous décharge de l'o-
bligation penible d'en avoir à
l'égard de ceux qui font fous
nôtre dicipline ; de là vient
qu'on trouve tant de gens fi
facheux dans leurs familles ,
qui font par tout ailleurs les
plus raifonnables du monde.
Les Lucades y Bergli enfei-
gnent plufieurs chofes à leurs
éleves jufques à l'âge de quinze ans, comme à lire, à écrire , à chanter, à joûer des
inftrumens, la Theologie, la
Morale, quelques remarques
& quelques expériences fur la
nature qui leur tiennent lieu
de Phifique : Chaque Maître

ne fait leçon que de ce qu'il
fçait le mieux : On a un grand
foin d'acoutumer les enfans à
fe conduire par la raifon ; on
leur en rend une de tout ce
qu'on fait, & on leur en fait
rendre une de tout ce qu'ils
font, bonne ou aparente fans
qu'on les chicane trop de peur
de les rebuter ; on tâche plûtôt de les perfuader que de
les exciter par des promeffes
ou de les intimider par des menaces. Les difficultés qui arrivent entre quelques-uns
d'eux font jugées par les autres, & on leur infinûe fi
adroitement le bon parti, qu'ils
croyent que c'eft d'eux-mêmes qu'ils le prennent ; on
les acoûtume au travail, & on
les rend tous ambidextres. A
l'âge de quinze ans, à moins
qu'on ne les juge trez-propres

à quelque fience , ils vont faire garde fur cette grande muraille qui fait le tour de l'Ifle; là on leur retrace encore les mêmes leçons , & ils y aprennent un mêtier : A vingt ans on les envoie dans les habitations où les Cadules les demandent & fuivant qu'on le juge à propos. Les filles font élevées féparement des garçons ; & on les envoie dans les habitations pour fe marier à l'âge de dix-fept ans.

A droite des Philofophes font les Mathematiciens & deux Profeffeurs de chaque langue avec fept ou huit Ecoliers chacun qu'on d'eftine aux voyages. A gauche font les Médecins qui envoyent aprez quelque tèms leur éleves vers les vieux Médecins praticiens des habitations. Vis-à-vis font les Glébirs , aufquels l'Avaïte alla rendre compte de fon voyage , & vint enfuite re-joindre nos étrangers : Il alla tous les jours écouter une le-çon de Theologie qu'il leur expliquoit en même tèms ; Nous diviferont donc auffi par leçons le Livre fuivant.

Heu primæ fcelerum caufæ mortalibus ægris, Naturam nefcire Deûm.

Silius Italicus. libro 4.

LIVRE SIXIEME.

ABREGE' DE LA
Theologie & de la Morale des Avaïtes.

PREMIERE LEÇON.

De l'independance de Dieu.

DIEU eſt l'ouvrier de tout l'univers, il exiſte par lui-même & nous dépendons en tout & entierement de lui : C'eſt par lui que nôtre ame voit, qu'elle ſent, qu'elle penſe & qu'elle veut : Mais que lui rendrons-nous pour tant de bienfaits? Rien : Son indépendance le met audeſſus de tout : Il n'a que faire d'encensement, d'oblations , ou d'holocauftes & de facrifices; c'eft de lui feul & de fon fonds uniquement qu'il tire toute fa grandeur & toute fa felicité. De là les Avaïtes inferent que Dieu , pour fon compte , n'exige point de nous que nous nous chargions inutilement du pefant fardeau de plufieurs cérémonies auffi incommodes que fuperflûes.

SECONDE LECON.

De la bonté de Dieu.

TAnt que l'homme n'eft point parvenu au comble du bonheur il eft jufte qu'il raporte tout ce qu'il fait à fon interêt; mais comme Dieu ne

fçauroit rien faire pour lui-
même, ou pour fe rendre heureux, & qu'il joûit par fon
effence d'une félicité parfaite
indépendanment de toutes
fes créatures, il ne peut rien
exiger de nous que ce qui fe
termine à nous procurer quelque avantage : Il n'y a que
Dieu qui foit bon, à proprement parler, il n'y a que lui
feul qui nous fait du bien par
une véritable bonté ; il n'y
a que lui qui nous aime
d'un amour defintereffé , &
qui par là veut que fans aucun retour pour lui nous
foyons heureux en ce monde-
ci & en l'autre, comme nous
le ferons encore voir par d'autres raifons : Mais il eft main-
·tenant queftion de prouver
que Dieu nous aime autant
les uns que les autres, & qu'il

veut que fes bienfaits tombent fur tous autant également qu'il eſt poſſible. Que perſonne ſe flate d'entrer plus qu'un autre dans ſes bonnes graces; ſurquoi pourroit-on apuier cette folle penſée ? Quelle raiſon pourroit-on s'imaginer que Dieu en auroit ? Nous lui ſommes tous extrémement inutiles : Si quelqu'un a des preuves qu'il eſt monté à une plus grande faveur auprez de Dieu que les autres , qu'il ſoit impunément larron , fauſſaire, perfide & ſélerat , pour être plus heureux que les autres, rien ne lui eſt défendu ; car ſi pour le devenir il ne veut point s'arroger des droits particuliers il eſt égal aux autres, s'il veut s'en arroger ; pourquoi lui cederait-on ce privilege ? Et par là un chacun ſe

croira

croira tout permis ; cette imagination remplira le monde de trouble & de confufion , & on fera fans doute dans cet état autant malheureux qu'on le peut être pour vouloir être plus heureux qu'on ne le doit être : La nature a mis fans doute tous les hommes au même niveau , dit un Philofophe Anglois ; * fi on les regarde dans l'état civil les richeffes , les honneurs & l'autorité font de plus grands avantages que la force du corps ; mais fans examiner fi les plus grands chagrins & les plus grands foins ne font pas atachés aux conditions les plus élevées pour tout mettre par là dans l'égalité, que l'on confidere feulement la caufe des états differents que les hommes ont établis parmi eux;

* *Hobbes de cive lib.* 1.

M

c'est la politique qui a fondé ces divers établissemens sur le bien public ; mais elle n'a jamais prétendu marquer une prédilection divine : Comment les hommes qui ne la connoissent pas auroient-ils pû la désigner par quelques signes ? Ils font leurs Loix avec une entiere liberté, sans en connoître les effets en détail qui en doivent dériver pendant dix ans seulement : En vain dira-t-on que Dieu les connoit, puisque c'est l'homme & non pas Dieu qui les fait, & les fait avec une entiere liberté ; c'est l'être intelligent qui produit lui-même tous les actes de sa volonté.

. La leçon suivante de la providence nous levera les doutes qui pourroient nous rester sur cet article.

TROISIEME LEÇON.

De la providence Divine.

LEs caufes font ou libres,
ou néceffaires; les derniè-
res font celles qui produifent
néceffairement leurs effets ;
c'eft ainfi que le feu brule,
que la lumiere éclaire, qu'un
concours des efprits animaux
vers quelque partie du corps
excite une paffion dans l'ame
pour y conferver & y fortifier
une certaine penfée.

Les caufes néceffaires font-
telles pas des régles immuables que Dieu a établies, fuivant lefquelles la même caufe
dans les mêmes circonftances
qui lui fervent à produire fon
effet, produit toûjours le mê-

me ; mais ſi Dieu diverſifioit les effets par raport à des circonſtances qui naturellement ne les devroient pas changer ; ſi une pierre en tombant du haut d'une maiſon ſe détournoit de ſon chemin pour écraſer un ſcelerat & épargner un honnête-homme, on ne diroit pas bien alors que cette pierre fut une cauſe néceſſaire de cette mort, mais une cauſe libre & volontaire ; c'eſt à dire, qu'elle dépend d'une volonté particuliere de Dieu, & non des régles generales, ſur leſquelles roule toute la nature : Or pour prouver par l'experience que Dieu n'a point de ces volontés particulieres, je dis, qu'autrefois en Europe on ordonnoit des dûels de l'acuſé contre l'acuſateur, quand ils n'apor-

toient pas des preuves suffi-
santes de ce qu'ils avançoient,
les Juges recouroient aux
duels, dans la penfée qu'ils
avoient que Dieu qui eft jufte
ne permettroit pas que le cri-
minel fût vainqueur dans un
combat, & que l'innocent fût
oprimé : Pour cela il falloit
que le Seigneur changeât l'ordre de la nature lorfque le
coupable fe trouvoit en une
difpofition naturelle, tant du
côte du corps que de l'efprit,
du moins pour un moment,
à porter un coup mortel à fon
ennemi, pendant que l'innocent ne fe trouvoit pas dans
ce même moment en une difpofition fi favorable pour pa-
rer ce coup : Mais fi la providence Divine renverfe en
certains cas l'ordre de la nature, c'eft principalement en

faveur de la justice & de l'innocence & pour vanger le crime : Cependant on a reconnu que Dieu ne faisoit pas toûjours des miracles quand il le faloit, & que sa providence manquoit à ce compte fort souvent à son devoir ; Là-dessus on a aboli les duels qui étoient trez-bien établis dans l'opinion d'une providence à miracles continuels : Car sous un Dieu juste, l'innocent ne peut pas être malheureux & souffrir : Mais si un motif aussi puissant ne l'est pas assez pour obliger le Seigneur à déranger la nature, & forcer les causes naturelles à se dispenser des Régles, les richesses, la force du corps, ou les autres prétendûes marques de predilection divine n'en sont plus que des signes équivo-

ques & trompeurs , qui peuvent provenir des volontés generales , auſſi-tôt que des volontés particulieres de Dieu ,
& il faut d'autres preuves que
nous n'avons pour s'aſſurer
d'où partent ces temoignages
trompeurs d'une faveur extraordinaire, avant qu'on puiſ-
fe raiſonnablement s'en flater.

Pour confirmer cette preuve les Avaïtes qui ont quelques-uns de nos livres traduits
en leur langue , citent à ce
ſujet une avanture d'Uliſſe au
commencement du dixiéme
livre de l'Odiſſée d'Homere :
Æole enferma dans une peau
les vents qui pouvoient empêcher le retour d'Uliſſe en
Itaque ; Ses compagnons pendant ſon ſommeil ouvrirent à
la rade d'Itaque cette peau

dans l'efperance d'y trouver
un tréfor ; les vents en forti-
rent avec violence & les re-
pouffant en pleine mer les
porterent vers les côtes d'Æo-
lies d'où ils étoient partis :
Uliffe alla prier Æole de lui
faire une feconde fois la même grace qu'il lui avoit acor-
dée, & d'enfermer les vents
qui pouvoient lui nuire ; mais
Æole le lui refufa & le chaffa
rudement en lui difant qu'il
ne lui étoit pas permis de donner contre la volonté des
Dieux du fecours à un homme qui ne leur étoit pas agréable, & qu'il faloit qu'il fut
malheureux , puifque les
Dieux le vouloient ainfi

Æole raifonnoit confequen-
ment fur la préfupofition que
Dieu gouverne le monde par
des volontés particulieres : Si

je

je fuis malheureux c'eft, par-
ceque Dieu l'ordonne ; & cela
étant pourquoi irez-vous contre fes ordres, en me foula-
geant des maux dont il m'a-
cable ? Ce fentiment eft fans
doute inhumain & barbare &
contraire aux deffeins du
Seigneur , s'il eft vrai qu'il
ait de la bonté pour nous ,
s'il eft vrai qu'il nous aime
& qu'il veuille que nous
foyons heureux comme nous
l'avons dit. Encore s'il lui plaifoit de n'envoyer des maux
qu'aux félerats , & de prendre
en fa protection ceux qui font
injuftement oprimés ; mais
nous voyons tous les jours
l'innocent acablé par la malice de fes ennemis , & couvert
d'oprobres & de confufion
pendant que le méchant vit
dans la gloire & dans l'opu-
N

lence : c'eſt en vain qu'on di-
ra que Dieu a des raiſons im-
pénetrables pour en agir ainſi;
ſi cela eſt Æole fait bien de
ne point donner de ſecours à
Uliſſe de peur de rompre les
deſſeins que le Ciel a ſur lui.

C'eſt encore pis ſi l'on s'in-
gere à vouloir entrer dans les
ſecrets de Dieu ; alors on dit
que Dieu m'aflige pour éprouver ma patience , & vous donner ocaſion d'exercer vôtre
charité : Je voudrois bien ſçavoir ſur quoi on ſe fonde pour
atribuer à Dieu de telles penſées ; mais en les ſupoſant
pour certaines ; je dis , que ſi
Dieu me rend malheureux
pour m'éprouver il ne faut
pas que vous vous preſſiez de
me ſoulager ; quand eſt-ce
même que vous ſçaurez que
Dieu m'a aſſez éprouvé & qu'il

eft tems que vous me foula-
giez ; peut-être qu'il ne fonge
pas en vous , mais feulement
en moi , & vous allez troubler
l'économie des deffeins que
le Ciel a formés fur moi fi
vous aportez quelque reme-
des à mes maux , ou bien vous
empêcherez qu'un autre ne
me tire de la mifere , & c'étoit
pour lui & non pour vous que
Dieu avoit fait naître cette
ocafion d'exercer la charité :
mais s'il veut que je ceffe d'ê-
tre miferable par le fecours
de mon prochain , & que ce
fecours me manque , je le ferai fans que Dieu veuille que
je le fois.

A quoi fervent aprez tout
ces épreuves de ma patience
& de la charité de mon prochain ? Pour mériter , répon-
dra-t-on , les recompenfes de

l'autre vie ; comment peut-on mériter une recompenfe de quelqu'un fi ce n'eft en lui procurant quelque bien proportionné a cette recompenfe! Or pouvons-nous rien mériter de Dieu qui eft le feul être dont nous puiffions efperer nôtre bonheur ; puifque nous fommes incapables de lui aporter jamais aucune utilité! Si Dieu nous veut faire du bien eft-il indigne de fa bonté de ne nous en faire qu'aprez l'avoir mérité ? Dieu ne peut rien devoir parce qu'on ne lui peut rien donner ; on ne lui peut rien donner parce qu'il a tout. Æole encore un coup raifonnoit donc jufte en ne voulant pas fecourir Uliffe qu'il croyoit malheureux par des vólontés particulieres des Dieux : mais

fon procedé auroit été bien
different s'il avoit penfé, comme il eft vrai, que les caufes
qui retardoient le retour d'U-
liffe provenoient de la liberté
des hommes, ou qu'elles fe
trouvoient ainfi difpofées par
des vûes generales des Dieux
qui n'en vouloient pas en particulier à Uliffe.

Il eft dificile fans nôtre opinion de ne pas fe prendre à
Dieu de tout le mal qui fe fait,
il le peut empécher & il le
fouffre. D'ailleurs fi par la mort
d'un homme des enfans de-
meurent orfelins & miferables,
Dieu veut par une volonté particuliere la mifere de ces enfans que je fupofe être l'effet
d'un meurtre ; mais Dieu
peut-il vouloir les effets fans
vouloir la caufe de ces effets
& fans en être l'auteur ? Ce

n'eſt pas aſſez à un Etre intelligent & tout-puiſſant qui
veut une fin, de laiſſer les
moyens ſe diſpoſer d'eux-
mêmes, il faut que lui-même
les y diſpoſe; ſi au contraire
on prétend que le meurtre
eſt libre, ſes ſuites ſont des
effets de la liberté & non de
la providence Divine particuliere. Si nous ſommes libres
les richeſſes ou les dignités
qui dérivent des établiſſemens
des hommes ne ſont pas des
effets des volontés particulieres de Dieu, ni par conſéquent
des marques de ſa prédilection.

A l'égard des qualités naturelles il faut remarquer que la
conſtitution de nôtre corps
vient ou de celle que nos pa-
rents nous ont donnée ou de
nôtre maniere de vivre; nous

choififfons librement nôtre
maniere de vivre , & nos pa-
rents en fe mariant enfemble,
ou en nous engendrant , en
un tel tèms nous ont conf-
titüé un tel temperament , ils
auröient fans doute engendré
des enfans d'une autre com-
plexion s'ils avoient engendré
en un autre tèms ou qu'ils
euffent) contracté d'autres mariages ; mais ils ont fait l'un
& l'autre librement.

Quand l'on confidere qu'un
homme fe met à joûer & joûe de
la maniere qu'il lui plaït avec
toute la liberté poffible , &
que de fon jeu dépend toute fa
fortune & celle de fes enfans,
leur éducation , leurs mœurs
& leur temperament ; peut-on
douter de la vérité que nous
foûtenons ? ce qui fait qu'on
en doute cependant eft qu'on
fe fent porté à des défirs vio-

lens ou à d'autres paſſions ſans qu'on en voie la cauſe, & c'eſt nôtre coûtume dans nôtre ignorance de tout atribuer à Dieu : On ne ſçait pas que nos paſſions ont leurs cauſes dans nôtre temperament auſſi néceſſaires & naturelles qu'eſt celle de l'action du feu qui enflame une matiere combuſtible.

Qu'on pénetre bien les cauſes de tout ce qui regarde un homme en particulier, on tombera infailliblement ſur quelqu'une qui ſera libre ; & quelque petite que ſoit la cauſe libre qui entre dans un effet elle donne l'excluſion à la providence Divine par une volonté particuliere ; car l'effet ne feroit pas ſans la cauſe libre, & la cauſe libre vient d'une autre volonté que de celle de Dieu.

Pour ce qui eſt des cauſes naturelles, Dieu gouverne le monde par des Loix generales fort ſagement établies par raport aux grands biens qui en réſultent en comparaiſon des petits inconveniens qui s'y rencontrent : Dieu fait comme un Architecte qui bâtit un eſcalier, les degrés ſont trop hauts pour un enfant, & trop bas pour un homme d'une taille extraordinaire ; parce qu'il ne bâtit pas pour l'enfant ou pour l'homme d'une ſtature extraordinaire ſeulement, mais il bâtit pour tout le monde. Dieu a voulu une fois l'ordre qui eſt dans l'Univers & cette volonté le maintiendra toûjours ſans qu'il y penſe s'il peut n'y pas penſer.

Conſtanment donc les avantages de la nature & de la for-

tune font des effets des caufes libres & de l'ordre general
établi de Dieu, & non pas des
témoignages de fa prédilection.

De la providence de Dieu
à volontés generales, les Avaites qui ne parlent que raifon,
inferent deux chofes : La premiere, qu'il faut prendre pour
fabuleufes les hiftoires qui
marquent une protection fpé-
ciale ou un foin particulier du
Ciel en faveur d'un peuple,
d'un grand Seigneur ou d'une
perfonne privée : Et la feconde eft, que pour la réuflite
de nos deffeins, il ne faut
avoir recours qu'aux moyens
établis par l'Auteur de la nature : Qu'il feroit commode
à l'homme d'amener du blé en
fon grenier par quelques paroles dites en une certaine

posture, au lieu de labourer la terre ; n'est-ce pas la vanité & la paresse qui ont donné la vogue à l'opinion d'une providence Divine à miracles continuels ?

QUATRIEME LEÇON.

Principes de la Morale des Avaïtes.

C'Est une opinion communément reçûe des Avaïtes, & fondée sur ce que nous venons de dire, que plus un homme est malheureux en ce monde sans sa faute, plus il sera heureux en l'autre ; & qu'un homme plus heureux que lui qui aura également bien vecu le sera moins dans l'autre vie : Cette pensée nous inspire une grande indifferen.ce pour les félicités de ce siécle, & elle est d'une grande confolation pour les miserables : Ce n'est que par là que Dieu peut réparer l'inégalité que les biens de la nature ou de la fortune mettent à cette heure entre les hommes ; on ne parle que des biens de la nature & de la fortune où nous ne contribuons en rien, parce que c'est feulement quand nous ne pouvons pas être heureux légitimement autant que les autres par les Loix generales de la nature, ou par des Loix arbitraires ; que Dieu pour nous recom-penfer de cette perte & nous égaler nous donne, pour ain-fi dire, un préciput de felici-té en l'autre vie ; mais il n'est

pas jufte qu'on nous tienne
compte des ocafions légitimes
d'être heureux que nous
avons perdûes par nôtre faute,
non plus que des maux que
nos pechés nous ont atirés ;
nous devons nous imputer
ces malheurs.

Les autres principes que les
Avaïtes tirent de cette même
doctrine font, que Dieu ne
nous ayant creés que par bonté , il ne nous a creés que pour
être heureux , & puifqu'il
nous aime tous également il
veut , autant qu'il eft poffible,
que les biens foient partagés
de même ; mais s'il s'en trouve quelqu'un d'indivifible , ou
que par le partage il devien-
ne inutile, il apartient à celui à qui il eft plus avantageux ; fi je puis fauver la vie
à une perfonne de deux qui

mourront fans mon fécours, je la dois fauver à celle dont la mort feroit la plus préjudiciable, comme à une jeune femme, même à mon préjudice, où je me flaterois fans raifon d'une prédilection Divine.

Secondement, comme il vaut mieux fe paffer de plaifir que d'avoir de la douleur, nous ne pouvons pas nous procurer du plaifir en faifant du mal à quelqu'un, à moins que le bien ne foit fort confiderable & le mal trez-leger; mais en ne comparant que le mal avec le mal, nous en devons fouffrir un moindre pour délivrer quelqu'un d'un plus grand.

Troifiémement, un bien également bien ou à peu prez pour deux perfonnes doit être cedé par celui qui le poffede à

celui qui ne le poffede pas ;
parce que cette honnêteté
fait produire à ce même bien
quelques utilités qu'il ne pro-
duiroit pas en demeurant entre les mains du poffeffeur :
Elle forme ce beau neud d'un
amour réciproque qui doit lier
tous les hommes ; mais elle
le forme de la plus folide maniere du monde , & par le
plaifir qu'elle caufe , tant à celui qui la fait qu'à celui qui
la reçoit : Ce dernier reffent
la plus douce de toutes les
paffions , cette fatisfaction interieure qui nous vient de la
penfée que nous avons que
nous nous fommes aquités de
nôtre devoir.

Quatriémement , il ne fe
faut pas faire des befoins de
quelques délicateffes dont on
fe peut facilement paffer, elles

ceſſent par l'acoûtumance
d'être des biens & deviennent
par l'habitude des néceſſités
capables de nous rendre malheureux ; mais il faut éviter
ſur tout ce qui peut troubler
nôtre raiſon, ou diminuer les
forces du corps, ſans quoi
nous ne pouvons joûir d'aucun bien ni en procurer aux
autres : Nous devons ménager les forces du corps par un
exercice moderé, & par la ſo-
brieté ; cette vertu a deux ex-
tremités ; l'une de trop manger ou de trop boire ; l'autre
de ne pas aſſez manger ou de
ne pas aſſez boire ; & le jeune
eſt défendu par les Avaïtes
comme l'intemperance ; il en
eſt de même des plaiſirs de
l'amour.

Enfin, pour tout dire en
un mot, les Avaïtes prétendent

dent que nous devons prendre pour maniere d'agir celle
qui contribue le plus à rendre les hommes heureux fans
avoir egard fur qui le bien
doit tomber, de forte que celle qui produit le moindre eft
un peché par comparaifon.

CINQUIEME LECON.

Des Peines & des Recom-
penfes de l'autre vie.

LE plaifir ou le bien phifique eft une fituation de
l'ame qui lui eft agréable ; la
douleur ou le mal phifique eft
une fituation de l'ame qui lui
eft facheufe ; nous ne fommes
heureux ou malheureux que
par l'un ou l'autre de ces fen-

O

timens : Mais ce qui me caufe du plaifir produit quelquefois un effet tout different
dans un autre fans qu'on en
fente bien la raifon ; c'eſt ainſi
qu'en voyant deux joûeurs,
vôtre cœur prend parti pour
l'un pendant que le mien fe
déclare pour l'autre , fuivant
que leur air, leur phiſionomie
ou leurs manieres font propres par raport à la difpoſi-
tion de nos cerveaux , d'exciter d'abord en nos ames un
fentiment qui leur eſt agréable ; encore que le profit de
ces joûeurs ne réjailliffe point
fur nous , nous formons pourtant des vœux pour eux ;
mais c'eſt la joie que nous ef-
perons reffentir de leur gain
qui alume nos défirs : Telle
eſt la cauſe de la fimpathie &
de l'amour de bienveillance,

qui n'eſt que l'ouvrage du plaiſir ou de l'amour propre. Par toutes nos actions nous recherchons le plaiſir , nous voulons toûjours & néceſſairement être heureux.

D'un autre côté nous remarquons que l'ordre & la beauté de l'univers ſortent d'une intelligence qui ne veut pas que rien ſoit conduit par un pur hazard , ni que nos actions ſoient réglées par nôtre caprice. Cet Etre ſuprême nous donne ſes Commandemens & en les tranſgreſſant , ou en y obéïſſant nous faiſons un mal ou un bien que nous apellerons moral.

Si quelqu'un oſoit ſoûtenir qu'il n'y a ni crime ni mal moral , que toutes les Loix ne devant leur naiſſance qu'à la politique, ce n'eſt qu'aux hom-

mes & non à Dieu d'en vanger le violement ; qu'il confidere qu'il y a des Loix naturelles qu'on les peut enfraindre , & cette infraction est un
mal moral ; est-ce l'homme ou
Dieu qui donne à la mere du
lait pour nourrir son enfant !
A l'égard des Loix humaines,
que l'on considere que nous
ne sçaurions vivre du moins
heureusement sans elles , que
Dieu veut pourtant que nous
vivions & que nous vivions
heureusement. Dieu veut
donc aussi que les hommes
fassent des Loix ; ils en feroient en vain si elles n'é-
toient observées , & pour les
faire observer il faut que les
infracteurs soient punis : Vous
me forcez , Seigneur , d'aimer
toûjours le plaisir , & si vous
n'en avez atachez à l'observa-

tion des loix ou que vous ne
me détourniés de les tranſgreſ-
ſer par une douleur qui ſoit
plus à êviter que le plaiſir qui
eſt promis par le crime n'eſt à
rechercher , alors, Seigneur;
vous me forcez de vous déſo-
béir ; mais qui croira qu'il y
ait en vous une telle contra-
rieté ?

Conſtanment donc le mal
moral eſt acompagné tôt ou
tard d'un mal phiſique, tel que
nous l'avons dit , ſi c'eſt en ce
monde, il n'importe de quel en
droit l'homme tire des motifs
aſſez puiſſans pour l'obliger
de ſe contenir en ſon devoir ;
mais combien voyons-nous de
crimes échaper à la Juſtice humaine faute d'en connoître les
auteurs ou par leur crédit &
leur adreſſe ; nous les voyons
heureux & triomphans pen-

dant que l'homme de bien paye pour eux la peine dûe à leurs forfaits, le même crime conduit un homme au gibet & en éleve un autre sur le trône : * D'un autre côté les Loix n'ont pas pourvû à la punition de tous les crimes ; quelles peines ont-elles ordonné contre les peres déraisonnables, les mauvais maris, les ingrats, les maîtres durs & cruels ou les Princes injustes & méchans ? L'impunité des faux dévots qui tirent tant de si grands avantages de leur hypocrisie, fournit une preuve incontestable qu'il y a des crimes qui bien loin d'être punis font recompensés: Mais si tous les crimes ne font

---

* *Multi committunt eadem diverso crimina fato:*

Ille crucem sceleris pretium tulit, hic diadema, Juvenal fat. 13. v. 102.

point punis en ce monde il
y a une autre vie qui fuplée à
ce deffaut , & qui joint le
bien phifique au bien moral,
& au mal moral le mal phifique , afin que nous puiſſions
aimer ces deux biens en même tèms , ou éviter l'un & l'autre mal dans la même action.

C'eſt à tort qu'on prétendroit que le remords de conſcience feroit une peine éta-
blie par la nature pour nous
punir dez cette vie , puifque
les ames timorées , moins dignes de chatimens que les autres en font plus tourmentées,
& que plus un homme de-
vient méchant, moins il a de
remords ; de maniere que plus
il mériteroit d'être puni, moins
il le feroit.

Pour le repentir il n'entre
dans nos ames que par la

crainte du châtiment : Un voleur qui ne craint rien pour avoir pris cent piſtoles à une dupe qui croit encore lui avoir de l'obligation, peut-il ſe repentir de s'être procuré ce bien, ou n'en a-t-il pas de la joie ? D'ailleurs il eſt des gens qui ne ſont jamais troublés par aucun repentir, ou du moins, trez-peu.

Nous avons dit que l'homme ne pouvoit vivre ſans loix; la raiſon en eſt, que la terre ne lui donne pas comme aux animaux des habits & des alimens ſans ſoin & ſans travail ; mais qui voudra cultiver un champ s'il n'eſpere en recueillir les fruits ? Qui pourra l'eſperer s'il n'y a des Loix ſur l'obſervance deſquelles cette eſperance ſera fondée ? Perſonne ne pourra poſſeder aucun bien

que

que dans la crainte continuel-
le qu'une infinité de gens ne le
lui raviſſent, que dans la crainte de perdre à tous momens
la vie ſi : on n'établit des Loix
qui ſoient la baſe & le fondement de la ſocieté civile , ſi
même l'on n'a pas quelque
confiance réciproque que de
bonne foi nous voulons obſer-
ver ces Loix , nous ferons
bien à plaindre d'être obligés
de nous défier tous de tous &
continuellement : Dieu nous
a-t-il creés pour être plongés
dans des inquietudes conti-
nuelles, pour être dévorés ſans
ceſſe par des ſoucis cuiſans?
Dieu nous a-t-il creés pour
être malheureux ?

Les Avaïtes tiennent que
dans la diſtribution des peines
& des recompenſes Dieu fait
atention, principalement à la

difpofition du cœur ; comme il ne feroit pas jufte que celui qui eft bien préparé à la pratique de la vertu perdit fa recompenfe, faute de matiere pour l'exercer, il ne feroit pas jufte auffi qu'un cœur corrompu ne fentit pas le poids de la Juftice Divine pour n'avoir pas fait le mal qu'il êtoit tout prêt à faire dans l'ocafion : Dans cette vûe ces peuples, non-feulement examinent leurs actions & leurs défirs actuels, mais ils fouillent encore dans leurs cœurs pour corriger la pente qu'ils pourroient avoir à en former de mauvais; par là ils s'aplaniffent le pénible chemin de la vertu.

Ce difcours fupofe & prouve l'immortalité de l'ame.

SIXIEME LEC,ON.

De la *Justice* & de la Mi-séricorde de Dieu.

IL eſt évident par la Leçon précedante qu'il y a une Juſtice en Dieu : Elle eſt une ſuite de la bonté qu'il a pour nous , & un effet de la volonté qu'il a que nous ſoyons heureux en cette vie ; il eſt encore certain qu'elle ne differe pas en eſpece de la nôtre, c'eſt à dire, qu'il ne punit, & ne recompenſe que ce que nous croyons le mériter : Autrement comment me gouverner ſi je craignois d'être puni lorſqu'il me ſembleroit que ſuivant l'idée que j'ai de la

P 2

Juftice je devrois être recompenfé ; cela êtant , Dieu ne
peut pas punir les enfants de
la faute de leurs peres ni la
leur imputer.

Pour ce qui eft de la mifericorde de Dieu , nous tenons
que les peines font toutes éternelles , ou toutes temporelles,
ou il faut que les unes foient
éternelles & les autres temporelles ; cette derniere opinion eft univerfellement rejet-
tée des Avaïtes , la raifon
qu'ils en rendent eft, que la
juftice demande la même proportion entre les peines que
celle qui fe rencontre entre les crimes ; or il y en a
toûjours entr'eux , puifque les
uns font plus grands que les
autres , & il n'y en a point
entre le fini & l'infini ; en fu-
pofant même que la peine fi-

nie foit plus griéve que l'infinie, & qu'une heure de la
premiere en vaille deux de la
feconde, ou plus ; car en prenant tant de tèms qu'on voudra de la peine moins griéve
pour être égale à quelque partie fi petite qu'on voudra de
l'autre, la moins griéve, mais
infinie, équivaudra à la fin
la premiere entierement, &
il reftera encore dans l'infinie l'équivalent de l'autre une
infinité de fois, & par confequent il n'y aura point de proportion entr'elles.

Il ne refte plus qu'à examiner fi elles font toutes temporelles ou toutes éternelles:
Ceux qui prennent le fecond
parti fe fondent fur ce que les
femmes peuvent faire un mal
éternel en négligeant de con-
courir avec Dieu à la création

d'une ame qui demeurant dans le néant perd un éternel bonheur ; comme ce mal dure pendant toute l'éternité , la peine pour lui être proportionnée ne doit pas être moindre en durée ; & alors on estime qu'elle ne consiste qu'en la diminution d'un bonheur éternel , empoisonné neanmoins éternellement , & non continuellement du chagrin qu'on a d'être moins heureux qu'on ne devroit être : Qui peut concevoir , disent les Avaïtes , que nous soyons à jamais malheureux pour de petites fautes qui nous échapent si facilement , qu'il est impossible , moralement parlant , que nous les évitions toutes. Dieu qui nous aime, Dieu qui est bon nous auroit-il donc creés pour être éternel-

lemènt malheureux ? Mais que
les peines ſoient éternelles ou
non , elles ſont conſtanment
ordonnées de Dieu de telle
maniere qu'elles ſont plus à
éviter que le bien qui nous
revient du crime n'eſt à rechercher , ſans quoi l'action
ne ſeroit pas méchante ;
puiſque nous aurions préferé,
comme Dieu nous le preſ-
crit , un bien qui ſeroit pré-
ferable au mal qui en arrive-
roit : C'eſt là deſſus qu'eſt fondé ce principe , que les
Avaïtes inculquent fortement
dans l'eſprit de la jeuneſſe, à
ſçavoir qu'il y a toûjours plus
à perdre qu'à gagner en ne
faiſant pas ſon devoir : Dans
cette penſée il eſt facile d'ê-
tre bien diſpoſé à s'en aquiter
& de ſe repentir d'y avoir man-
qué.

Le repentir eſt une eſpece de triſteſſe qui eſt trez-amere, parce que nous ne nous en prenons qu'à nous-même ; & elle eſt fort utile , parce qu'elle nous porte à mieux faire une autrefois : Les Avaïtes tiennent que le repentir diminûe la peine qui eſt dûe à une faute , & même qu'il nous en décharge tout-à-fait s'il eſt aſſez grand pour tenir lieu de la peine entiere ; car il ne feroit pas juſte d'être puni deux fois pour le même ſujet.

Le repentir eſt une paſſion que Dieu nous a donnée , ſans laquelle nous perſeverons dans le mal, & nous augmentons nôtre peine comme nous la diminuons par ſon moyen; cette paſſion eſt la ſeule voie d'obtenir le pardon de nos fautes , ſi une véritable peine peut s'apeller de ce nom ; mais fans repentir il ne faut point efperer de mifericorde.

Les Avaïtes le prouve ainfi ou Dieu remet toute la peine & à tout le monde , mais nous avons fait voir le contraire ; ou il la remet en tout ou en en partie à quelques-uns , & alors il les aime plus que les autres, ce qui eft faux ; ou il n'en remet à tout le monde qu'une partie, & on ne peut pas apeller cela un pardon, mais un ordre general que la peine ne foit que d'une certaine grieveté , pourveu qu'on perde plus qu'on ne gagne à ne pas faire fon devoir, c'eft affez, & les Avaïtes ne croyent pas qu'en effet Dieu inflige de plus grandes peines.

L'efperance de l'impunité eft fans doute la caufe de tous

les maux, & on eſt extrémement porté, à màl faire lorſqu'on eſpere du Ciel le pardon de ſes fautes, * comme
on en eſt détourné par la crainte des peines.

Alatre pour confirmer cette preuve ajoûta, que ce ſeroit bien fait que d'être fripon
pourveu qu'on paſſât pour
honnête homme, ce qui eſt
commettre un double crime,
mais un bon moyen pour ſe
rendre heureux comme le
prouve Platon; * car un fripon
qui paſſe pour tel n'eſt ni fin
ni dangereux, la défiance
qu'on a de lui nous met à couvert du mal qu'il nous peut
faire ; mais celui qui paſſe

---

* *Exorabile numen fortaſſe experiar, ſolet*
his ignoſcere. Multi, ſic animum dirœ trepi-
dum formidine culpœ confirmant Juv. ſat. 13.
v 102.

* *Plato de juſto Dial.* 2.

pour homme de bien: Un faux
dévot, par exemple, prend
fans doute le moyen le plus
feur pour nous tromper, c'eft
donc de lui dont on fe doit
le plus défier, il ne manque
jamais de mettre à profit la
confiance qu'on a en lui pour
en tirer toutes les commodités de la vie.

En vain Dieu verra mon in-
juftice, en vain il voudra la punir, puifqu'il me la pardonne-
ra auffi toutes les fois que je
voudrai ? J'aurois tort de perdre l'ocafion de me rendre
heureux au préjudice de ma
confcience ; quelque mal que
je faffe j'en ferai toûjours qui-
te pour un facrifice expiatoi-
re ; comme je gagnerois à faire mal je ne pourrois pas
m'empêcher de le faire ; Dieu
même le voudroit, fuivant ce

que nous avons dit, ce qui
eſt abſurde & extravagant.

HUITIEME LEC,ON.

De la maniere d'adorer Dieu.

LEs Avaïtes ne font pas
un ſi grand fonds ſur la
priere que les ſuperſtitieux ;
ils adorent Dieu par un acte
de l'eſprit en quelque lieu
qu'ils ſoient , parce que les
ſubſtances ſpirituelles n'en ont
aucun ; on les acoûtume de
bonne heure à ne point faire
l'exiſtence locale, ou à croire
qu'un être peut exiſter en nul
lieu.

De là l'Avaïte prit ocaſion
de parler de la Religion en

general du Judaïme & du Chriftianifme , j'ai retranché tout ce qu'il en dit , parce qu'il ne feroit peut-être pas de nôtre goût : Pour ce qui concerne le Mahométifme , nous y prenons fi peu d'interêts que j'en aurois ufé de même fans quelque raifon qu'il eft aifé de deviner en lifant le quatriéme Dialogue.

Le Livre Septiéme du Judaïfme fuprimé.

Le Livre Huitiéme du Chriftianifme fuprimé.

LIVRE NEUVIEME.

Du Mahométisme.

_____

PREMIER DIALOGUE.

*Samieski , l'Avaïte, Eudo-
xe , Alatre & Chriſtofile.*

Sur ces paroles de l'Alcoran,
du chapitre de la Vache.

*Ceux à qui nous avons enſeigné l'Ecri-
ture , qui l'étudient & la liſent avec
vérité, croyent en ce qu'elle con-
tient , & ceux qui ne la croyent pas
ſont gens perdus.*

CES paroles , dit Samieſ-
ki , portent un caractere
de divinité qui ne nous permet pas de douter que Dieu
n'en ſoit l'auteur : Ce n'eſt

pas l'évidence en cette ocafion qui nous force à croire, & ce ne peut être que Dieu, qui pour parler Alcoran * *affure le cœur des Fideles*, c'eft à dire, qu'il fuplée aux lumieres naturelles qui manquent pour croire, & fi quelques hommes ne le croyent pas, c'eft par la raifon raportée dãs le chapitre de l'envelopé : *Certainement l'Alcoran enfeigne la Loi de Dieu à ceux qui le lifent; perfonne ne le comprendra que celui qui lui fera agréable, & qui aura fa crainte devant les yeux* : La belle difpofition, répartit Alatre, que demande Mahomet afin qu'on croie ! il veut qu'on foit épouvanté de la menace qu'il fait, qu'on fera perdu fi on ne croit; & le moyen lorfqu'on a cette crainte de s'empêcher de croi-

re? De là vient que celles que la
superstition nous a imprimées
dez le berceau se font mieux
sentir à un homme qui va
mourir , & dont on doit
être plus épouvanté à la veille
d'en sentir les effets : Les
Payens aussi qui s'étoient mo-
qué toute leur vie de leur
Religion étoient abatus de
peur comme nous à l'heure
de la mort. *

Que risquez-vous , dit Samieski, à croire l'Alcoran s'il
est faux , mais que ne risquez-

* *Postquam eo devenit aliquis , ut brevi
jam moriturum se opinetur, incidit in eum ti-
mor & cura quædam eorum quæ in superiori
vita neglexit. Etenim fabulæ quæ de inferis
dicuntur , quemadmodum eos qui injuste ege-
runt , pœnas illic dare oporteat , irrisæ hacte-
nus , movent tunc animum ne forte vera sint
suspicantem : atque ipse sive propter senectutis
debilitatem seu quia alteri vitæ propinquior
illa acutius inspicit solicitudinis & timoris ple-
nus redditur. Plato de justo Dialog. 4. in
princip.*

vous pas à ne le point croire
s'il eſt véritable ? Ce raiſonnement, dit l'Avaïte eſt tiré de
Mahomet, au chapitre hécaf;
il parle ainſi. *Avez-vous con-*
ſidéré en quel état vous ſerez
ſi l'Alcoran eſt envoyé de Dieu
Mais qui empêche toutes les
Religions de tenir un pareil
langage ? Mahomet l'a bien
prévû, & dans le chap. de Hod
il fait parler ainſi un impie
ſelon lui : *Sans raiſon il ne*
tient qu'à moi de dire que les
faux Dieux châtieront les fi-
deles : Cette objection eſt ſi
forte qu'aprez l'avoir faite il
n'entreprend pas de la réfuter:
Dieu peut-il être aſſez injuſte
pour punir un homme qui
ayant fait un bon uſage
de ſa liberté ne croit pas une
choſe qu'il ne trouve pas
croyable;

Q

SECOND DIALOGUE.

Samieski & l'Avaïte.

Sur le Chapitre de la lignée de Joachim.

LE Chapitre de la lignée de Joachim, dit Samieſki, fournit une preuve inconteſtable de la vérité de l'Alcoran ; Mahomet parle ainſi : *Si quelqu'un diſpute contre toi de ta doctrine, dis-lui, aſſemblons nos enfans & nos femmes , & je mettrai la malediction de ſa divine Majeſté ſur les menteurs :* Ceux qui nioient la vérité de l'Alcoran s'en ſont immancablement aſſurés par cette épreuve , & ils ont reconnu que

Mahomet n'étoit point un im-
poſteur puiſqu'ils ſont deve-
nus fideles.

Vous ſçavez, répondit l'A-
vaïte ; que les hommes par
leurs ſuperſtitions eſperent
de ſe ſoulager dans leurs maux ;
les Payens avoient aſſervi chacun de leurs Dieux à quelque
uſage ; ſe détrompoient-ils
dans les épreuves qu'ils fai-
ſoient en recherchant leur
protection ? Non : Parce qu'un
eſprit prévenu regarde les
choſes du côté favorable à ſa
prévention , & ne remarque
point ce qui l'en pourroit faire revenir : Qu'un Payen ſoit
gueri aprez une neuvaine par
hazard , ce n'eſt pas au hazard
c'eſt à la neuvaine qu'il croira devoir ſa gueriſon ; en vain
il verra cent experiences qui
combatront ſon erreur , il

trouvera autant de frivoles
excuſes pour ſon Dieu, parce
que nous n'aimons point une
providence divine, telle que
nous l'avons prouvée, même
dans les plus petits évenemens. Que la guerre de Troie
ſoit l'effet de la liberté d'une
douzaine de petits Rois, la
guerre de Troie ne nous touche pas, mais que le Ciel s'y
intereſſe, ▪▪ qu'il en ſoit tout
ocupé elle eſt digne de nôtre
atention, elle nous atache,
elle nous charme, elle nous
enchante : Mais je trouve,
pourſuivit l'Avaïte, dans ce
même chapitre de fortes preuves contre vous : Mahomet
vous dit, *de ne croire perſonne*
élûe qu'elle ne ſoit de vôtre
Religion, & par une conſequence néceſſaire dans le chapitre de la converſion il dit,

que les bonnes œuvres des infideles leur feront inutiles :
Quoi ! s'écria L'Avaïte : quelle
injuste prédilection en Dieu!

TROISIEME DIALOGUE.

Des miracles de Mahomet.

L'Avaïte, Samieski & Alatre.

TOus les peuples, à la
réserve des Chrétiens,
avoûent, dit Samieski le lendemain, que les miracles font
des preuves incontestables de
la divinité d'une doctrine : Or
je trouve dans le chapitre des
Limbes que Dieu dit à Mahomet : *Je te raconte les choses
arrivées à cette Ville, nombre de Proféces lui ont été*

envoyés, *qui ont fait plusieurs miracles* ; *& ses Habitans n'ont pas voulu quiter leur premiere impieté* : Nous voyons dans le chapitre de la corde de Palmier , *que la femme d'Ablheb perdit la main par permission Divine pour avoir jeté des épines par mépris sur le chemin de Mahomet* , & dans le chapitre du Butin ... En voilà affez , interrompit Alatre , un feul miracle bien averé fuffit pour convertir les plus obftinés ; les Juifs n'en demandoient pas plus pour cioire en J. C. * *qu'il defcende maintenant de la Croix, & nous croirons à lui* : Le miracle à la vérité auroit été bien clair & exempt de tout foupçon de fupercherie ; mais

---

* *Defcendat nunc de Cruce & credemur*
si Matt. 27. Y. 42

voyons si les vôtres font de cette nature, il me semble tout au contraire qu'ils font fort douteux, puisque les Habitans de la Ville où ils ont été faits n'ont pas voulu y croire, quels témoins avez-vous qui nous en assurent : Cependant l'homme naturellement n'a point de peine à croire ; on le pourroit trez-bien définir, un animal crédule & superstitieux, vous ne ferez pas comme les Chrêtiens de la Foi de la Samaritaine. un ouvrage de la grace, * si cela est, voyez ce que J. C. lui dit, rien, sinon qu'elle a eû cinq maris, & que celui qu'elle a n'est pas le sien : Qu'y a t-il là de secret & de particulier de révelé ? Y a t-il lieu là-dessus de le prendre pour un grand Prophete qui lui a dit

toute sa vie ? Cependant sur
la parole de cette femme plufieurs Samaritains crurent en
J. C. L'homme encore un coup
eft un animal trez-crédule;
mais comment, dit Samieski,
Mahomet auroit-il pû tromper tant de gens par de faux
miracles ? Ce n'eft point par
la force qu'il a établi fa Loi,
il n'êtoit pas maître de deux
Villes ou Villages, comme
on le voit par l'Alcoran. * Outre que pour contraindre un
milion d'hommes à croire fa
Loi, il faloit commancer par
en abufer auparavant un autre
milion, & la violence ceffant
par fa mort, fa Loi fe feroit
anéantie; mais bien loin de
cela, elle a fait depuis des
progrés inconcevables & elle
en fait tous les jours : Je ré-
futerai cette objection, répondit

Ch. de l'Orne- ment.

dit l'Avaïte, quand vous m'au-
rez fait comprendre comment
de certaines fables se sont si
bien emparé de la foi de quelques peuples de la terre qu'on
ne les en sçauroit faire revenir:
Vous ne vous souvenez plus,
ajoûta Alatre, de ce que nous
a o is dit en parlant des his-
toires.

QUATRIEME DIALOGUE.

Du stile de Mahomet & de l'amour de Dieu.

Alatre & Samieski.

Tous les auteurs des nou-
velles Religions, dit Sa-
mieski, ont été acusés d'im-
posture ; Mahomet n'a pas dis-
simulé cette acusation, quoi-

R

qu'elle pût servir de prétexte dans les siécles à venir de nier la vérité de l'Alcoran ; puisque les contemporains de Mahomet le traitoient d'imposteur, eux qui le connoissoient mieux que nous, qui voyoient de leurs propres yeux les motifs de nôtre Foi : Mais nôtre Prophete triomphe heureusement de la calomnie ; voici comme Dieu lui parle dans le chapitre de Jonas : *Ils difent, Mahomet a controuvé ce Livre, dis leur, aportés quelque chofe qui lui reffemble & en doctrine & en éloquence* : Dans le chapitre du voyage de la nuit il pousse la chose plus loin, & il dit : *Si les démons & les hommes étoient tous affemblés ils ne pourroient pas compofer un Livre comme l'Alcoran.* Il est

facile à un homme d'esprit
d'emprunter le langage d'un
idiot, mais celui-ci ne peut
pas échanger le fien pour un
autre ; le Géant peut s'abaisser
jusqu'à terre, & le Nain ne
peut ateindre aussi haut que le
Géant : Comme l'Alcoran est
au dessus de l'esprit des hommes & des démons, il ne peut
venir que de Dieu, & non pas
d'un homme aussi simple que
Mahomet, *qui ne sçait ni li-*
re ni écrire, comme il est dit
au chapitre des Limbes ; &
cette raison prouve invincible-
ment la vérité de l'Alcoran :
Voilà, répondit Alatre, le
procedé ordinaire des hommes, ils supofent toûjours
pour vrai dans leurs raison-
nemens une chose qui ne
l'est pas ; pour moi je vous
déclare que jamais l'Alco-

ran , malgré vos explica-
tions myſterieuſes , ne m'a pa-
ru être l'ouvrage d'un habile
homme.

Si la beauté de ſon ſtile ne
vous touche pas , dit Samieſki , peut-être ſentirez-vous
mieux les charmes de ſa morale , on n'y trouve point de
fâle paſſion , bien loin de cela
il n'y a rien que de grand ,
puiſqu'il n'y a que Dieu qui
ſoit l'objet de nôtre amour ,
& que Mahomet nous aſſure
dans le chapitre de la nuit ,
*que perſonne ne ſera recom-
penſé que de ce qu'il aura fait
pour l'amour de Dieu.* Je n'entend pas bien, répartit Alatre,
ce que c'eſt que faire quelque
choſe pour l'amour de Dieu ;
l'amour continua-t-il eſt une
paſſion de l'ame qui ſouhaite
la poſſeſſion ou l'union d'un

bien qui doit nous rendre
heureux : Or en raifonnant
fur ce principe, qui étant
communement reçû, expli-
que mieux la fignification des
termes vulgaires, je dis, que
Dieu veut être regardé comme le feul bien capable de
nous rendre heureux, & par
confequent comme le feul bien
dont on peut fouhaiter l'u-
nion ou la poffeffion : Ainfi
faire quelque chofe pour l'a-
mour de Dieu, c'eft faire quelque chofe pour être uni à
Dieu ou pour le poffeder ;
mais on ne fçauroit efperer
d'étre heureux par l'union ou
la poffeffion de Dieu qu'en
prenant les moyens qu'il nous
a prefcrit pour cela ; car perfonne ne jouira de lui malgré
lui : Ce paffage de Mahomet,
ne fignifie donc autre chofe ;

finon que Dieu feul pouvant nous rendre heureux, pour parvenir à la felicité, il faut prendre le chemin qu'il nous a tracé lui-même : Tellement que faire quelque chofe pour l'amour de Dieu, c'eft faire fes Commandemens, & on ne fera recompenfé que lorfqu'on les aura fuivis : C'eft ainfi que lés Chrêtiens définiffent l'amour de Dieu : Qui a mes Commandemens, dit J. C. & qui les obferve eft celui qui m'aime *.

Joan. 14 v. 21.

Il y en a d'autres, pourfuivit Alatre, qui diftinguent deux efpeces d'amour ; ils apellent l'un amour de concupifcence, & l'autre de bienveillance : Mais Defcartes * prétend que cette diftinction ne regarde que les effets de l'amour & non fon effence : *Car*

Traité des paffions art. 18.

sitôt, dit-il, *qu'on s'est joint*
de volonté à quelque objet
de quelque nature qu'il soit,
on a pour lui de la bienveil-
lance, c'est à dire, on joint
aussi à lui de volonté les cho-
ses qu'on croit lui être con-
venables ; ce qui est un des
principaux effets de l'amour.
Descartes apelle se joindre de
volonté ou aimer , un consentement par lequel on se considere comme uni avec ce
qu'on aime , ensorte qu'on ne
fait qu'un tout avec lui , &
que de ce tout on n'en fait
soi-même qu'une partie plus
ou moins grande , suivant l'a-
mour qu'on ressent : *Ainsi,*
dit le même Auteur * *l'a-* * Ibi.
mour qu'un bon pere a pour dem
ses enfants est si pure qu'il ne art.
82.
désire rien avoir d'eux ni les
posseder autrement qu'il fait,

ni être joint à eux plus étroi-
tement qu'il eſt déja ; mais
les conſiderant comme d'autres ſoi-mêmes il recherche
leur bien comme le ſien propre, ou même avec plus de
ſoin, parce que ſe repreſen-
tant que lui & eux font un
tout, dont il n'eſt pas la meil-
leure partie, il préfere ſouvent leurs interéts aux ſiens,
& ne craint pas de ſe perdre
pour les ſauver.

L'amour de bienveillance en
ce ſens eſt autant intereſſé
qu'il le peut-être, ce n'eſt, à
proprement parler, qu'un
amour propre, puiſqu'en voulant du bien à l'objet aimé,
comme ne faiſant qu'un tout
avec nous, nous nous en voulons à nous-mêmes : C'eſt
pourquoi Saint Thomas en
expliquant ces paroles de l'E-

criture : *Le Seigneur a tout
fait pour lui* , dit * qu'il ne *1. p.
convient pas à Dieu d'agir 9. 44.
pour aquerir quelque bien ; art. 4.
mais feulement pour en faire,
comme Dieu eft le fouverain
bien de toutes les creatures,
qu'elles le défirent naturellement , elles ne peuvent avoir
d'autre fin que lui , lui pour
qui il les a toutes creées : Toutes ces belles penfées d'un
amour de Dieu défintereffé
ne font que des vifions : Comment pourroît-on vouloir du
bien à Dieu ? Il faudroit pouvoir croire qu'il en put manquer du moins par une fupofition impoffible : Mais un éf-
prit raifonnable peut-il exciter de véritables mouvements
d'amour ou de haine fur une
fupofition impoffible , & con-
nûe pour telle ? Dans cette

même fupofition impoffible,
Dieu n'eft plus Dieu , & il
n'eft plus aimable. Que de fo-
lies , que d'extravagances :
Que ces penfées font injurieu-
fes à Dieu , il faut avoûer que
ce font de véritables blafphe-
mes : Le blafpheme , dit le
*2.2. même Docteur , * donne à
qu. 13. Dieu ce qui ne lui convient
art. 1. pas , ou lui ôte ce qui lui convient : Or pour vouloir du
bien à Dieu , il faut lui ôter
une qualité qui lui eft effen-
tielle ; à fçavoir qu'il eft la
fource de tous biens , fans quoi
on ne pourroit pas lui en vouloir : C'eft pourquoi ce même Docteur qui prétend qu'on
peut aimer Dieu d'un amour
2.2. de bienveillance ; * ne veut
q. 23. pas que ce foit fans interêt de
art. 1. nôtre part , puifqu'il ne fonde cet amour que fur la com-

munication que Dieu nous fait
de la béatitude éternelle : Il dit
dans un autre endroit que la
charité n'a point d'autre fondement. * En vérité, dit Samiefki, il y a une heure que j'admire vôtre mémoire ; mais
vous voulez bien que je vous
dife que je n'en fçaurois faire
autant de vôtre jugement.
Pourquoi raporter pour convaincre un Turc, des preuves
tirées du Chriftianifme ? Pouvez-vous me perfuader que je
n'aime pas Dieu , & que l'a-
mour que je fens n'eft pas de
l'amour , mais une obéïffance : Je conviens , répartit Alatre , de la vérité de vôtre remarque , & j'avoûe ma faute :
Cependant mes raifons fubfif-
tent dans toute leur force, même à vôtre égard : Pour ce
que vous me dites , que vous

* 2. 2.
q. 23.
art. 5.

204 *Calejava*

fentez l'amour que vous avez
pour Dieu , cela vient de ce
que vous excitez en vôtre ame
un mouvement femblàble à
celui qu'elle forme , lorfque
vous reffentez véritablement
de l'amour : C'eft par un fem-
blable artifice qu'un Comedien entre par étude dans une
paffion qui n'eft pas réelle ,
mais qui n'eft que peinte pour
ainfi dire dans l'ame : Pour
vous , vous êtes trompé , parce que vous voulez vous tromper ; mais le Comedien ne
l'eft pas , parce qu'il ne veut
faire entrer que les fpectateurs
dans une illufion qui leur eft
agréable ; quelquefois un fa-
natique fe fait une idole de
cet amour qu'il croit aimer à
force de le vouloir , fans en
avoir une idée claire & diftinc-
te , fi on en avoit une , on re-

connoîtroit qu'elle renferme
effentiellement une union de
la perfonne qui aime à l'objet aimé, & que ce nœu qui
les lie & qui fait l'effence de
l'amour, ne permet pas que
leurs interêts foient defunis,
ou confiderés comme differens
les uns des autres.

LIVRE DIXIEME.

De la fin pour laquelle Dieu nous a creés & de celle pour laquelle il nous a mis au monde.

PREMIER DIALOGUE.

De la fin pour laquelle Dieu nous a mis au monde.

L'Avaïte, Chriſtofile, Ala-tre, Eudoxe & Samieſki.

PENDANT que nous nous ſommes entretenus de vos Religions, dit l'Avaïte, nos Theologiens ont parlé de pluſieurs atributs de Dieu,

& enfuite ils ont examiné avec
foin quelle eft la fin pour laquelle Dieu nous a mis au
monde : Il eft jufte, continua-t-il, qu'un être qui n'eft
point parfaitement heureux
ne penfe qu'à le devenir,
mais Dieu qui l'eft effentiellement & fouverainement a
fans doute d'autres vûes dans
fes ouvrages, & il ne fe regarde pas lui-même dans ce
qu'il fait , puifque tout ce
qui eft émané hors de lui ne
peut contribuer en aucune
maniere à fon bonheur : Comment donc les Chrêtiens dé-
fendront-ils ces façons de parler fi communes parmi eux?
faire quelque chofe pour Dieu,
travailler à fa gloire , comme fi elle ne lui êtoit pas tout-
à-fait indifferente. Les Chrêtiens parlent plus jufte qu'il

ne femble , répondit Alatre ,
vous en demeurez bientôt
d'accord : La gloire , pourfuivit-il , ne confifte que dans
une haute idée que nous avons
donné à plufieurs perfonnes
de nôtre excellence ou de nôtre mérite : Or il eft expédient
aux hommes qu'ils connoif-
fent Dieu , qu'ils ayent une
grande idée de fon excellence , & il lui eft inutile d'en
être connu de quelque manié-
re que ce foit : C'eft pourquoi
Saint Thomas a dit , * *que ce*
n'eft pas pour lui , mais pour
nous que Dieu cherche fa
gloire ; fi bien que travailler
pour la gloire de Dieu , c'eft
le faire connoître d'une maniere qui tourne à nôtre avantage la connoiffance que nous
en avons : Cela étant , dit
l'Avaïte , nous travaillons pour
la

la gloire de Dieu, quand de ses atributs nous en tirons des principes de nôtre morale, pour nous rendre heureux en ce monde-ci & en l'autre, & que nous disons que Dieu est le seul être véritablement bon, qui ne fait rien que par raport à nôtre interêt. Ce senti- ment, ajoûta Eudoxe, est tiré de l'Evangile, *il n'y a qui que ce soit de bon que Dieu:* * l'A- vaïte rêpeta ces dernieres pa- roles: mais ce n'est pas conti- nuât-il, une bonté parfaite que celle qui ne nous feroit pas toûjours du bien: Dieu nous a creés pour être heureux, le sommes-nous en ce monde-ci, pourquoi nous en tirer? Le sommes-nous seulement en l'autre, pourquoi ne nous y pas mettre d'abord, & pour-

* *Nemo bonus nisi Deus Luc.* c. 18. v. 19.

S

quoi nous avoir mis en celui-
ci ? Dieu, dit Eudoxe, ne
nous auroit-il pas mis au monde pour contempler la beauté
de ses ouvrages, comme le
pensoient quelques anciens
Philosophes ? Il n'y a, répondit l'Avaïte, qu'un petit nombre de sçavants qui en soient
capables ; & une sensation un
peu forte ; la faim ou la soif
débauche l'atention du plus
apliqué des Philosophes, mais
quand tous les hommes jusqu'aux femmes & aux enfans
auroient admiré pendant cent
ans, si l'on veut, toutes les
beautés de la nature, à quoi
se termineroit cette longue &
pénible contemplation ? Ne
sommes-nous creés que pour
cela ? Nous devons reprendre
pour le faire un autre corps
aprez la mort ; mais nous

avons réfuté l'opinion de la
metempficofe : D'ailleurs ,
Dieu feroit-il bon de nous
vendre fi cherement un plaifir
auffi leger que celui des Philofophes , & de nous le faire
payer par tous les maux que
nous fouffrons en cette vie ?
Qui voudroit l'acheter à ce
prix ? Mais , comme nous
avons vû , il faut une autre
vie , & à moins que celle-ci
ne contribûe au bonheur de
l'autre , Dieu n'auroit pas à ce
qu'il femble agi fagement ,
en nous mettant en ce monde. Tout ce que fait une nature intelligente ne doit fervir que de moyen pour arri-
ver à la fin qu'elle s'eft pro-
pofée , & celle de Dieu en
nous créant eft de nous ren -
dre heureux : Efforçons-nous
donc de découvrir comment

le bonheur de l'autre vie dépend de celle-ci ; & pour cela voyons en quoi elle confiste : On fçait que ce n'eft que dans l'union de nôtre ame à un corps ; ou en ce qu'à fon ocafion, tant qu'elle dure, nous avons beaucoup de penfées, pour ne pas dire qu'elles en dépendent toutes occafionnellement ; fi vrai que dans la plûpart des hommes elles n'o nt pour objet que des chofe₅ materielles : C'eft par le m oyen de cette union que mon ame a tant de commerce avec la fubftance étendûe, & qu'elle lui eft tellement attachée, qu'elle a de la peine à comprendre toute autre chofe, ne pouvant concevoir qu'avec beaucoup de réflexion & de méditation qu'un être exif-tans avoir des parties, fans

être en aucun lieu , en un mot
fans être corps : Parce que dez
le moment de nôtre création
nous avons eû par l'entremi-
fe de nôtre mere une étroite
liaifon avec la fubftance étendûe ; les befoins continuels de
la vie nous y atachent fans
ceffe ; nôtre ame a été forcée
par là à en confiderer , à en
connoître l'idée , & à nous en
remplir tellement que nous
ne fçaurions penfer qu'à elle :
L'effet donc de cette union ,
& la fin par confequent eft la
connoiffance de la fubftance
étendûe , la connoiffance des
diverfes configurations, & des
differens mouvemens dont elle
eft capable ; nous ne voyons
pas que cette union produife
& puiffe produire aucun autre
effet : La fuite néceffaire de
l'union eft la prefence intime

& continuelle des chofes unies à l'égard l'une de l'autre : La préfence intime & continuel-le de quelque objet à nôtre ame, n'eft autre chofe que la penfée de nôtre ame à cet ob-jet, & par la penfée nous en avons la connoiffance : Vous venez, s'écria Alatre, de me découvrir & de me prouver une verité qui m'avoit jufqu'i-ci paru impénetrable; nous avons, pourfuivit-il, deux idées qui peuvent faire pen-dant l'éternité l'objet de nos penfées, l'une de la fubftan-ce qui penfe, l'autre de la fubftance étendûe : Dieu a voulu commancer par nous faire connoître la derniere pour finir par la plus noble; nous connoiffons en effet fi bien celle-là par le moyen de cette union, qu'encore qu'il

foit vrai que nous ayons plus
de connoiffance de nôtre ame
que de nôtre corps , nous
croyons pourtant le contraire:
On ne peut pas douter que
la confideration des figures ,
des nombres , & de leurs com-
binaifons infinies ne puiffe
nous occuper de tèms en tèms
pendant toute l'éternité , &
que nôtre ame détachée du
corps ne comprenne mieux
qu'à prefent la fubftance qui
penfe , lorfqu'elle n'aura de
commerce qu'avec elle ; conf-
tãment nous raifonneróns alors
& plus jufte , & plus aifement
fur l'une & l'autre de ces fubf-
tances ; & des enfans qui meurent en naiffant auront bien-
tôt ratrapé les plus habiles
Philofophes.

Si nous ne mourrons pas
alors , ce n'eft que pour la

conſervation du genre humain,
& pour procurer à d'autres
les mêmes avantages que nous
avons tiré de nos parens, &
non pour acquerir des con-
noiſſances : Il eſt vrai que nous
ne nous ſouvenons pas à pre-
ſent que nous ayons penſé
dans le ſein de nôtre mere,
parce que les traces qu'ils'impriment dans nôtre cerveau
en ce tèms là s'effacent facilement, & c'eſt de là que nôtre mémoire dépend.

On voit que l'union de l'ame
au corps n'eſt faite que pour
inculquer fortement en l'ame
l'idée de la ſubſtance étendûe,
& de ſes attributs ; de là on
infere que cette idée doit contribuer au bonheur de l'autre
vie , & que c'eſt pour cela que
Dieu nous a donné cette idée.
Mais ce ne ſont par les idées,
dit

dit Samieski , qui nous rendent heureux : J'en demeure
d'accord , répondit Alatre , à
moins que Dieu n'y atache un
fentiment de plaifir ; mais
puifqu'il le fait en ce monde,
pourquoi ne le fera-t-il pas
aussi dans un tèms que les né-
ceffités du corps n'en pourront
plus empoifonner la douceur ;
Dieu ne peut-il pas vouloir
qu'à l'occafion de l'idée d'un
triangle nous ayons le fentiment de la plus agréable li-
queur du monde, fans que le
trop long ufage en émouffe
la pointe , comme il arrive ici
par l'alteration des organes
corporels : Nous avons en effet dez cette vie du plaifir à
aprendre les Mathematiques ,
à entendre une hiftoire , une
fable , ou un conte bien fait',
à joüer aux échets , ou à d'au-

T.

tres jeux d'esprit ; & il ne nous vient que des idées que nous avons des diverses combinaisons des mouvements & des configurations de la matiére.

———————————

SECOND DIALOGUE.

Dieu veut que nous soyons heureux en ce monde.

L'Avaïte, Christofile, Alatre, Eudoxe & Samieski.

L 'Avaïte poursuit ainsi le dialogue precedent : La conservation de nôtre espece, dit-il, veut que nous demeurions plus long-tèms en ce monde, qu'il n'est necessaire pour connoître la substance étendûe ; & tous deux nous

laiffent un grand vuide en la
vie ; il n'eft pas indifferent de
fçavoir comment Dieu veut
que nous le rempliffions : Les
Aváites tiennent que nous devons travailler uniquement à
nous rendre heureux en ce
monde ; vous en fçavez la raifon : Dieu eft bon , mais il
l'eft toûjours & parfaitement,
& il ne le feroit ni toûjours
ni parfaitement, s'il y avoit
un tèms dans lequel il ne voudroit pas que nous fuffions
heureux : cette raifon eft fi
forte & fi fimple que les plus
opiniâtres & les plus ftupides
ne fçauroient s'empêcher de
s'y rendre : Si cela eft , dit
Samieski, nos Dervis font bien
trompés de s'ouvrir fans ceffe
le corps par quelque plaie
nouvelle pour plaire à Dieu ;
ils font bien éloignés de croi-

re qu'il veuille qu'ils foient heureux : Quelle joie leur Dieu ne reffent-il pas, répondit l'Avaïte, à la vûe d'un corps tout déchiqueté pour l'amour de lui ! ce n'eft point par la raillerie, dit Alatre, qu'on réfute ces erreurs refpectées, quelque extravagantes qu'elles foient, il faut par compaffion pour de pauvres égarés les combatre ferieufement : Vous fçavez, dit-il, en adreffant la parole à Samieski, que toutes les vertus ne font telles, qu'à caufe qu'elles aportent quelque utilité aux hommes : La valeur nous met à couvert des infultes de nos ennemis, la liberalité nous fait part des richeffes d'autrui, la compaffion nous donne du fecours dans nos maux, la reconnoiffance produit des

bienfaiteurs, la fidelité entre-
tient le commerce dans la vie
civile, la juſtice nous raſſure
contre les violences des mé-
chants, ainſi des autres : Vous
n'ignorez pas encore que les
bonnes qualités de l'eſprit font
les arts, & que ces arts n'ont
pour but que de faire ſervir à
l'uſage de l'homme les ouvrages de la nature ; tout ce que
les hommes eſtiment, tout
ce que les hommes recher-
chent leur aporte quelque
avantage ; les vitieux & les ig-
norans eſtiment les hommes
vertueux, & ceux qui ſont ex-
perts en leur art ; parce que
ceux-ci contribûent à nous
rendre heureux en cette vie,
& ſi nous ne le devons pas
être, c'eſt à tort qu'on culti-
ve les vertus & les arts : On
peut encore ajoûter, dit Eu-

doxe, que les loix que Dieu a faites dans la nature nous marquent bien la volonté qu'il a que nous foyons heureux : La vûe d'un parterre ou d'un pré hiftorié de toute forte de couleurs, l'odeur agréable des fleurs, une belle voix, un inftrument harmonieux nous caufent fans doute du plaifir, mais du plaifir uniquement pour lui-même : Si Dieu alie quelquefois l'utile avec l'agreable, comme dans le boire & dans le manger, c'eft donc qu'il ne fe contente pas de l'utile pour nous, puifqu'il y ajoûte l'agreable, & même il le fait furvivre à l'utile : Les femmes en effet aprez la conception trouvent encore du plaifir dans les embraffemens d'un époux : On voit même, pourfuivit Eudoxe, dans la douleur une preuve de cette vérité, nous n'en avons que pour nôtre confervation, ou nôtre bien, & Dieu auroit pour nous une bonté cruelle, fi au lieu de nous éloigner par la douleur des objets qui nous font nuifibles, il nous y attachoit par le plaifir.

Chriftofile fortant alors d'une profonde rêverie, s'écria tout joyeux, comme un autre Archimede dans le bain, je l'ai trouvé, je l'ai trouvé; on lui demanda la caufe d'une joie fi fubite, & il répondit, Alatre foûtenoit que les vertus font faites pour nous rendre heureux, la charité qui eft tant recommandée aux Chrêtiens n'a point d'autre fin : Cependant nous fçavons que nous fommes nés dans la mifere pour vivre dans la misere, & ce n'est que dans l'autre vie que nous devons attendre un bonheur éternel. Ce raisonnement d'Alatre qui prouve le contraire m'a da-bord surpris : Mais aprez quelque réflexion j'en ai découvert le sophisme avec la joie que vous avez vûe : Les vertus sont propres, continua-il, à procurer du bien aux hommes, mais ce n'est que celui des autres que le vertueux cherche, & non pas le sien, & nous ne devons devenir heureux que par le moyen des autres ; pour nous nous ne pouvons pas tacher de l'être, & nous ne pouvons pas legitimement y travailler pour nous : Il y a quelques vertus qui rendent heureux, répartit Alatre, les sujets qui les possedent, comme la force,

la temperance , & autres femblables ; mais fans parler de
celles-là , vous convenez qu'il
eft du devoir de mon prochain
de s'étudier à me faire du
bien , que m'importe par quel
canal il me viendra , il eft
toûjours vrai que Dieu veut
que je fois heureux en ce
monde ; & c'eft à tort qu'on
pofe pour principe que l'hôme
eft né pour vivre dans la mifere : Il y a pourtant , dit l'A-
vaïte , quelque chofe de vrai
dans le difcours de Chriftofile ; pour le démêler du faux
nous difons que Dieu veut
que nous foyons heureux ;
mais qu'il nous deffend d'être
voluptueux , nous donnons ce
nom à celui qui a affez d'a-
tachement à fon plaifir , pour
ne le vouloir pas quiter ,
lorfque fon devoir le deman-

de, ou du moins s'il le fait ,
ce n'eſt qu'avec peine ; en forte que par cette vitieuſe diſpoſition la difficulté qu'il trouve à ſacrifier ſon plaiſir à
ſon devoir le met du moins
en danger d'y manquer : On
ne peut que perdre avéc la
volupté, ou elle nous empêche de faire nôtre devoir, &
nous ſçavons qu'il n'y a que
du deſavantage pour nous, ou
elle ne fait que d'y aporter
des obſtacles, & la peine que
nous avons à les ſurmonter eſt
bien ingrate, ſa recompenſe
eſt la privation d'un bien auquel nous avons de l'atache :
Mais c'eſt une autre extravagance que de prétendre que
je rejete un plaiſir qui s'offre
de lui-même, & que je puis
prendre ſans planter de mau-
vaiſes ſemences en mon cœur

ni en corrompre les bonnes :
Il me femble que Dieu nous
a mis en ce monde , comme
un ami nous invite à man-
ger , nous ne lui ferions pas
moins de deshonneur de ne
pas boire tout à fait , que de
nous enyvrer : Au refte , on
fe trompe fi l'on penfe que
nôtre bonheur confifte dans
les plaifirs des fens : Etre heureux c'eft avoir l'efprit tran-
quile & content , joûir de la
joie interieure que nous procure nôtre bonne confcience ,
n'avoir ni foucis ni chagrins ,
fuporter patienment les maux
qui nous arrivent , fe faire une
fanté robufte pour réfifter aux
diverfes fatigues qu'il faut ef-
fuier dans la vie , & ne pas
s'affujettir à aucune délicatef-
fe : En un mot c'eft mettre
foi-même fon ame d'une ma-

niere immuable dans un état de joie, de paix, & de tranquilité, & non pas la laisser plonger dans le plaisir par des sensations passageres & momentanées suivies de dégoût & de repentir : Vous ne sçauriez disconvenir, dit Samieski, que Dieu n'ait pû faire la nature plus parfaite qu'elle n'est, & que si cela étoit, l'homme seroit plus heureux ; que pouvez-vous inferer de là, répondit l'A-vaïte, sinon que Dieu ne veut pas que l'homme soit plus heureux que la perfection de la nature ne le permet, de même que s'il l'avoit fait moins parfaite, nous en pourrions fort bient conclure qu'il ne voudroit pas que l'homme fut aussi heureux qu'il le peut être à present : Je ne sçais si

l'Univers eſt capable d'une
plus grande perfection, mais
je ſçai qu'il eſt capable d'une
moindre , & quelque parfait
que ſoit l'ouvrage de Dieu,
comme ſa puiſſance eſt iné-
puiſable , on fera toûjours en
droit de dire , pourquoi ne
l'a-t-il pas fait plus achevé
qu'il n'eſt ? Si l'Univers êtoit
plus fini , tout feroit diſpoſé
à conſerver l'homme plus long-
tèms en vie ; mais Dieu qui
le veut plus heureux en l'autre
monde qu'il ne peut être en
celui-ci , ne veut pas qu'il y
demeure plus qu'il n'eſt néceſſaire pour le deſſein pour
lequel il l'y a mis ; c'eſt à dire pour connoître la ſubſtance étendûe , pour engendrer ,
& élever d'autres hommes.

TROISIEME DIALOGUE.

Du peché d'Adam.

Chriſtofile , Alatre , & Eudoxe.

L'Avaïte & Samieski quitterent les autres, & Chriſtofile dit à ſon gendre & à ſa fille , qu'il ne pouvoit donner dans le ſentiment des Avaïtes , & croire qu'aprez le peché d'Adam l'homme puiſſe ici bas aſpirer à la felicité, aprez ce peché qui a dépouillé ſon auteur & ſes deſcendants de l'empire que Dieu leur avoit donné ſur la nature , qui l'a révoltée entierement contr'eux & les a rendu eſclaves de leurs paſſions:

Rien n'eft plus beau, répondit
Alatre, mais rien n'eft plus
mal fondé dans l'Ecriture
que le Roman qu'on fait de
l'état du premier homme s'il
n'eût pas mangé du fruit défendu ; les Rabins Cabaliftes
prennent l'arbre de la fcience
du bien & du mal pour l'é-
tabliffement des Loix que fit
Adam par un efprit de rafi-
nement défigné par cet animal fi fin : Nous ne connoiffons en effet le bien & le
mal que par la Loi, dit Saint
Paul ; * Ces Loix qu'Adam
établit pour vivre avec plus
de politeffe & de bien-feance,
l'obligerent à couvrir fa nu-
dité & à fe donner beaucoup
plus de peine dans fon travail ; elles affujettirent les
femmes à leurs époux, & firent ramper les efprits pleins

de rufes & de fineſſes : Croit-
on que dans le ſens propre
l'animal qui en eſt la figure
ait jamais parlé & marché
qu'en rampant ? Tout ce récit
ſans doute a l'air d'une alego-
rie ; le peché d'Adam ſelon ces
ſçavants ne conſiſte que dans
l'établiſſement des Loix ; c'eſt
pourquoi Saint Paul, qu'ils
prétendent être de leur cabale , dit que *la Loi n'eſt en-
trée au monde, qu'afin que le
peché y abondât ;* * *ſans elle
il ne ſeroit pas imputable, &
côme tous ont peché par Adam
qui a fait des Loix, tous ſont
vivifiés par Chriſt*, qui en a
abrogées ; en s'enrolant ſous
ſes étendards par le bâtême on
vit dans la Loi de grace & de
liberté, & on efface le peché
d'Adam en ſecoûant le joug
des Lois dont il eſt l'inventeur.
Auſſi

Ad
rom. c
5. v.
20. 1.
ad cor.
c. 15.
v. 22.

Auſſi , dit le même Apôtre, *ſans Loi la Juſtice de Dieu eſt manifeſtée preſentement :* * On peut maintenant dans le Chriſtianiſme être juſte ſelon Dieu ſans Loi , & pour cela il faut qu'on nous ait fait la grace de l'abolir ; on prend ſouvent en ce ſens le mot de grace ſi ce n'eſt dans les endroits où Pelage l'expliquoit par celui d'agrément ou par celui de faveur.

Ad rom. c. 3. v. 21.

Mais , pourſuivit Alatre , ſans nous égarer plus long-tèms dans ces viſions de la cabale , je dis qu'il n'êtoit pas à propos que nous fuſſions les maîtres des cauſes naturelles ; il feroit aſſez plaiſant en effet de voir floter la nature au gré des hommes gouvernés eux-mêmes par des vûes & des interêts ſi differens : Une

V

pſiere ſeroit bien embaraſſée
ſi je voulois qu’elle deſcen-
dit pendant que vous vou-
driez qu’elle montât, & une
marchandiſe le ſeroit encore
plus ; le vendeur voudroit
qu’elle fut peſante, & l’ache-
teur voudroit qu’elle fut le-
gere : Dieu a établi des régles immuables, afin que les
hommes puiſſent s’aſſurer là-
deſſus par la même raiſon qu’ils
ont jugé à propos de ſe lier
les uns les autres par leurs
Contrats ; il en eſt de même de
nos ſentimens, la plus grande difficulté tombe ſur la douleur, il n’a pas voulu qu’elle dépendit de nôtre volonté,
pour nous avertir du mal dez
ſa naiſſance ; & ce n’eſt pas
à cela qu’on trouve à redire,
mais il a voulu auſſi qu’elle
continuât independenment de

nous , afin de nous aver-
tir de la durée du mal , & de
nous exciter par là à le guerir , autrement il continûe-
roit fans que nous en fçuf-
fions rien , & même il aug-
menteroit toûjours à nôtre
infçû & cauferoit nôtre ruine
infailliblement ; puifque malgré ces avertiffemens nous ne
laiffons pas quelquefois de
négliger nos maux , jufques
à les laiffer devenir incura-
bles.

A l'égard des paffions , on
ne voudroit peut-être pas que
l'homme fut une véritable fta-
tûe , & qu'il n'en eût point :
Nous leur devons tous nos
plaifirs ; le tèms de la jeuneffe où elles font les plus
fortes , eft le tèms le plus
agréable de la vie , tout rit,
tout plaît ; tout charme , tout

enchante ; fi quelquefois elles
nous caufent du mal , c'eſt nôtre faute, on le prouve ainſi ;
elles ſe peuvent toutes rédui-
re à l'amour ; ou à la haine ,
ou du moins elles en ſont des
effets : Or la premiére ne tend
qu'à nous unir à un bien , &
la haine à nous détourner d'un
mal : Les paſſions ont une
bonne fin, fi elles ſe trompent
nous n'avons qu'à les faire revenir de leur erreur, faifons
voir à l'amour que ſon objet eſt digne de haine, la haine
ſuccedera bien-tôt à l'amour ;
j'avoûe qu'elles prennent quelquefois un empire abſolu fur
nous ; mais ce n'eſt pas dez
leur naiſſance qu'elles ſont en
état de l'ufurper , & c'eſt alors
qu'il faut leur réſiſter & les
dompter s'il eſt néceſſaire par
de bonnes réflexions & de for-

tes résolutions ; la chose n'est
pas si difficile qn'on pense ,
il n'y a qui que ce foit qui
ne se croie superieur à une
bête , & il n'y en a point dont
on ne change quand on veut
les inclinations les plus naturelles : la soif & mes autres
sentiments dépendent moins
de moi que mes passions , &
cependant je me rends le maître de mes sentimens par un
effort de l'ame ou une forte
aplication de l'esprit : Mais ne
convenez-vous pas , dit Christofile , que sans la chûte du
premier homme nous tien-
drions nos passions dans une
entiére soûmission, & que nous
en ferions plus heureux : Nos
passions , répondit Alatre , ne
doivent pas être tout-à-fait
dans nôtre dépendance ; elles
sont des mouvements de l'a-

me qui lui ont été donnés, pour conferver, ou pour for- tifier en elle des penfées qu'il lui eft, à ce qu'elle croit, avan- tageux d'avoir : Les paffions font donc faites pour obliger & forcer en quelque façon l'a- me à s'atacher à un objet, & la puiffance qui me force à fai- re quelque chofe ne peut pas dépendre de moi, il faut au contraire que je dépende d'el- le ; mais à tort on fe plaint de la violence des paffions, ce n'eft qu'à elle que nous de- vons l'acompliffement de nos plus grands deffeins ; fans une forte paffion qui eft-ce qui excelleroit dans les arts & dans les fciences ? Il eft vrai que la violence des paffions peut auffi nuire ; mais faut-il ne pas manger à caufe que nous nous en trouvons mal quelquefois?

Voudroit-on éteindre tout le
feu du monde, parce qu'il y
en a qui brûle des maifons?
Voudroit-on qu'il ne plût jamais parce que la pluie incommode quelques voyageurs?
Il n'y a point, dit Eudoxe,
de bien pur & parfait que Dieu:
Je ne fçais, continua-t-elle,
pourquoi on fe plaint plûtôt
de la violence des paffions que
de leur foibleffe? Celle-ci n'eft
à vrai dire que la négligence,
qui nous fait perdre tant de
belles ocafions d'executer nos
réfolutions les plus fortes; ce
n'eft qu'une véritable pareffe
qui ufurpe fur tous les deffeins, & qui entre dans toutes les actions de la vie, c'eft
la lanteur, c'eft la nonchalan-
ce qui fait avorter tant de ge-
nereufes entreprifes, qui nous
fait abandonner tant de grands

projets avant que nous les ayons achevés, qui nous plonge dans les malheurs que nous aurions pû éviter avec un peu d'activité, & qui nous prive de tout le bien que nos foins nous pouvoient procurer ; mais fi je me plains de la foibleffe des paffions, & que vous vous plaigniez de leur force, comment falloit-il faire pour nous contenter tous deux.

L'Avaïte les vint joindre alors, mais en même tèms on donna le fignal pour aller adorer Dieu, ce qui l'obligea de les quiter : Les Avaïtes adorent Dieu par une contemplation de fes atributs & de fa grandeur ; enfuite ils font une revûe fur leurs actions, ils en examinent les fautes pour fe corriger ; ils fondent leur cœur pour en rectifier

la

pente aux mouvements injuf-
tes qu'il pourroit avoir : Ils
finiffent par prier Dieu , mais
ils ne lui demandent que des
chofes qu'ils ont en leur pouvoir de fe donner.

QUATRIEME DIALOGUE.

De la Concupifcence.

Chriftofile , Alatre , & Eu-
doxe.

PEndant que les Avaïtes
adoroient Dieu , Alatre
reprit ainfi le fil de fon difcours ; outre le déreglement
de la nature & des paffions ,
on prétend que la concupifcence eft un des funeftes effets du péché d'Adam ; pour
moi je penfe qu'elle n'eft au-

X

tre chofe que les obftacles
qu'un amour propre peu éclairé nous opofe fur les voies de
nôtre devoir ; pour s'en áqui-
ter nous avons vû par les principes de la morale des Avaïtes qu'il faut prefque toûjours
renoncer en aparence à l'a-
mour propre : Mais nous avons
auffi vû qu'il êtoit neceffairement le premier mobile de
nos actions, & que la nature
intelligente ne s'en peut jamais dépouiller, à moins qu'elle ne fut parfaitement heureufe : Or l'homme innocent
n'auroit pas joûi d'une felicité parfaite, fi vrai que le Seigneur dit à Eve aprez fon peché, qu'il multipliera fes tour-
mens, elle en auroit donc eû
auparavant ; fi l'homme innocent n'avoit pû fe gouverner
que par l'amour propre, s'il

faut le facrifier à fon devoir,
Si ce facrifice ne peut manquer de nous coûter, fi la peine que caufe ce facrifice fait
la concupifcence, l'homme
innocent n'en auroit-il pas eû
comme l'homme pecheur ?
Saint Auguftin a fait de la concupifcence & de la grace deux
principes du bien & du mal,
qui ont quelque raport avec
ceux de Manês dans les erreurs
duquel il avoit été nourri.

Les fauffes Religions, ou la
vraie mal entendûe font une
partie de la concupifcence, en
nous impofant des obligations
vaines, pénibles, déraifonna-
bles, & contraires à nôtre devoir : C'eft en effet ainfi qu'u-
ne jeune fille d'un temperament amoureux, au lieu de
contenter fa paffion par un
moyen légitime, fe fait un de-

voir chimerique de la combatre avec une réfiftance extrême, & en prenant pour bien
ce qui ne l'eft pas ; elle a raifon de fe plaindre de la corruption imaginaire de la nature qui la porte au mal :
Peut-on nier , dit Chriftofile,
que nous n'ayons un panchant
naturel à mal faire, nous en
faifons tous les jours de trop
funeftes experiences. Il eft fi
peu vrai , répartit Alatre, que
nous aportions en naiffant ce
panchant naturel à mal faire,
que les enfans qui n'ont pas
eû le tèms de corriger leur
nature , ont plus d'horreur &
d'averfion pour les crimes, que
les perfonnes avancées en âge,
parce que ceux-ci par un méchant ufage de leur liberté,
ont peu à peu étouffé les remords de confcience & les fe-

mences de vertu qu'ils avoient
aporté en venant au monde :
Si l'inclination au mal étoit
naturelle elle feroit plus forte dans les enfans, lorfqu'elle fort, pour ainfi dire, de
la main de l'ouvrier : L'Areo-
page autrefois la jugea en un
enfant digne de mort tant on la
trouva extraordinaire : Que direz-vous de l'amour naturel,
que nous apellons humanité!
que direz-vous de ces mouvemens de compaffion que
nous avons pour les malheureux, dont les jeunes gens
font les plus fufceptibles? que
direz-vous de ces fentiments
d'indignation que nous avons
naturellement contre ceux qui
font du bien ou du mal aux
perfonnes qui ne l'ont pas mérité? que direz-vous de cette
eftime que nous infpire la feu-

le réputation des grands hom_
mes, font-ce là des marques
de la corruption de la nature
humaine, ne font-ce pas au
contraire de véritables difpofi_
tions à la vertu ? comme la
balance ne fçauroit pancher
des deux côtés, concluons
qu'avec tant de pante au bien
nous n'en avons point au mal.
On prétend que le plaifir nous
y porte, mais au contraire
ne nous porte-t-il pas au bien!
n'eft-ce pas celui que prend
un pere dans le bonheur de
fes enfans, qui lui fait don_
ner tous fes foins à leur éta_
bliffement ? qu'y a-t-il de plus
doux que de contenter la paf_
fion que nous avons d'aque_
rir de la gloire aprez la mort!
On fçait qu'elle eft fort inu_
tile, qu'elle eft, comme dit un
ancien, un bon vent aprez

le naufrage ; cependant nous
voulons bien lui immoler nôtre repos pour en donner aux
autres : Le defir de fe faire
eftimer n'eft guere moins a-
gréable, il eft la caufe de tous
les fervices réciproques que
nous nous rendons les uns aux
autres, il en eft de même de
l'amour, il procure du bien à
ceux que nous aimons, & il
nous fait trouver du plaifir à
en procurer aux autres : Dieu
pouvoit-il rien faire de mieux
pour nous, s'il avoit voulu
que nous fuffions heureux ?
Pourquoi ne croirons-nous
pas qu'il le veuille en effet ?
On pourroit encore prouver
cette vérité par les contraires :
Quels biens ne fait pas dans
le monde la crainte d'être haï
& méprifé : Perfonne ne veut
paffer pour ingrat, avare, in-

fidele, en un mot pour vitieux ; on a beau fe dire à foi-
même , que quelque opinion
qu'on ait de nous , nous n'en
ferons ni plus ni moins heureux , nous ne laiffons pas que
d'en être touchés ; mais c'eft
en cela qu'il faut admirer la
fageffe du Seigneur de nous
avoir imprimé fi fortement
des inclinations auffi utiles
pour la fociété civile, que le
font celles dont nous venons
de parler : Dieu l'a ainfi ordonné , parce que le foin de
la réputation nous met fur les
voies de la vertu, comme le
mépris de la réputation nous
en éloigne : * Mais d'où vient
donc , dit Chriftofile , qu'a-
vec tant d'averfion pour le mal,
tant d'inclination pour le bien,

* *Contemptu famæ contemnitur virtus Ta-*
cit. anni 4.

ce n'eſt qu'avec beaucoup de
peine que nous embraſſons
celui-ci, & que nous évitons
celui-là ? La choſe ne ſe pouvoit pas faire autrement, répondit Alatre, par les raiſons
que je viens de vous dire, ſi
vous ne voulez pas vous y rendre, dites-moi, je vous prie,
ſi Adam avant ſon peché avoit
ce panchant au mal ; vous me
direz que non ; mais d'où vient
donc qu'il pechât ? Pourquoi
ne voulez-vous pas que nous
pechions auſſi bien que lui,
quand même nous ferions toûjours dans l'état de l'homme
innocent : Ce prétendu panchant au mal peut-il être plus
grand en nous qu'il n'êtoit
en lui ? Il n'y avoit qu'une
choſe qui lui fut défendûe, &
il la fit : De tout cela il s'en-
ſuit que ne reſtant aucun veſ-

tige de ce peché dans la nature aprez qu'il eſt remis nous,
devons agir comme s'il n'a-
voit jamais été.

A V I S.

Il eſt bon de lire avec attention les
paſſages de l'Ecriture qui ſont cités dans
ce Livre à meſure qu'ils ſe trouveront
cités, & même fort ſouvent ce qui
précede & ce qui ſuit : Quelquefois,
pour entendre la vulgate, il faut avoir
recours au Grec.

❧❧❧❧ ❧❧❧❧ : ❧❧❧❧ ❧❧❧❧

PARALELLE

Du Chriſtianiſme avec les mœurs & les ſentiments des Avaïtes.

———————————————

DIALOGUE.

Chriſtofile , Alatre , Eudoxe ,

CHriſtofile témoigna à ſa fil-le & à ſon gendre que ne voyant en cete Iſle que des infi-deles , il devoit en conſcience s'en ſeparer comme ſaint Paul le lui ordonnoit:*Alatre s'éfor- *Ad* ça de lui perſuader que S. Paul *Corint.* en cet endroit avoit ſeulement *2. cap* voulu défendre aux fideles de *6. v* s'aſujettir aux ceremonies de *17.* la religion des infideles,ce qu'il exprime bien par ces termes,

Ne faites pas avec les infideles
le couple du même joug ; *c'eſt
ainſi qu'on doit traduire à la
lettre le texte grec, & S. Paul
prétend ſi peu qu'on ſoit obligé de s'en ſeparer de corps,
& même de cœur, qu'il veut
que l'épouſe fidele ne quitte
pas un infidele qui ſeroit
ſon époux, ni l'époux ſon
épouſe pour le crime d'infidé-
lité : Faut-il que la diverſité des
ſentiments jette la deſunion
parmi les hommes. Je veux
qu'on mette entre les articles
de Foi toutes les déciſions des
Conciles, quoi qu'un Auteur
moderne ait prouvé qu'il n'y
en avoit qu'un néceſſaire au ſalut, à ſçavoir *que Jeſus Fils de
Marie eſt le Chriſt ou le Meſ-*
ſie : * Faut-il pour une hereſie
nous brouiller les uns avec les
autres ; qu'importe à Dieu &

aux hommes fi Arrius croit que
Jefus-Chrift eft Fils naturel ou
adoptif de Dieu? Je fuis obligé
d'aimer un homme de quelque
fecte qu'il foit ; comme il paroît par la parabole du Juif fou-
lagé par le Samaritain: *Le Sa- *Luc.*
ch. 10
maritain êtoit à l'égard du Juif *v.* 28.
ce que font aujourd'hui les he-
retiques à l'égard des Ortho-
doxes, & Jefus-Chrift veut que
le Juif, c'eft-à-dire l'Orthodoxe
prenne pour fon prochain ou
pour l'objet de fon amour le
Samaritain , c'eft-à-dire l'heretique au préjudice même du
Prêtre & du Lévite : Il paroît
par cette parabole & par d'au-
tres paffages de l'Ecriture , * *Matt*
5.
que le mot de prochain ne fig- *43.*
nifie que nôtre ami, ou celui
qui nous fait du bien ; mais
Jefus-Chrift qui n'a point voulu que nôtre amour fe bornât à

une fimple reconnoiffance, met
au même niveau l'ami & l'ennemi, le bon & le méchant, le

Mat.
c. 5. v
44.
jufte & l'injufte ; * ainfi quand
nous prendrions un heretique
pour nôtre ennemi, pour un
homme méchant & injufte ;
nous fommes obligés à l'aimer
& à lui faire du bien: Pour nous
en montrer l'exemple J.C.n'he-
fita pas à faire du bien à la
Cananée *ne* preferablement aux

Marc.
c. 7. v.
26.
Juifs , * & la dureté de la ré-
ponfe qu'il lui fit rend cette
préference plus fenfible ; je
conviens de tout ce que vous
dites, répondit Chriftophile ,&
& je fuis d'un avis bien contraire à ceux qui veulent forcer les gens à fuivre contre
leur confcience une religion
qu'ils croyent fauffe & qui
employent les menaces &
les fuplices au lieu de raifons

pour la leur perfuader : S. Paul
veut que chacun agiſſe fuivant
qu'il eſt pleinement convaincu
* & peu aprez il ajoûte , que
tout ce que nous faiſons & que nous croyons ne devoir pas faire eſt peché : * Qui doute
qu'un Turc ne pechât en échan-
geant ſa religion, qu'il croiroit
bonne, contre le Chriſtianiſme,
quelque menace que l'Evangile lui faſſe ? *Heureux* (dit le
même Apôtre) *celui que ſa conſcience ne condamne pas en ce qu'il veut faire* ; * contraindre les gens d'agir con-
tre leurs ſentiments ou contre leur conſcience , c'eſt les
contraindre de pécher & pécher ſoi-même ; nous ſommes
donc obligés en conſcience de
laiſſer un chacun libre dans
ſes opinions , pourvû que
par ſes actions il ne trou-

*Ad Rom.
c. 14
v. 5.*

*Ibid.
v ult.
13.*

*Ibid.
v. 22.*

ble pas le repos de l'Etat ; ou que ces opinions ne permettent des crimes qui renverfent l'ordre de la vie civile ; mais pour aimer les Avaïtes (pourfuivit Chriſtofile) puis-je vivre avec eux ? Quand on a une religion il faut la profeſſer , & je ne puis pas le faire dans un pays dont les mœurs & les fentiments ont une extrême repugnance avec le Chriſtianifme : Je ne trouve pas (répartit Eudoxe) que cette répugnance foit ſi grande , il me femble au contraire qu'il y a beaucoup de conformité entre les Chrétiens & les Avaïtes ; & pour vous le faire voir, je m'en vais comparer les mœurs & les fentiments des uns avec les mœurs & les fentiments des autres.

Les Avaïtes, pourfuivit Eudoxe

doxe , reçoivent pour loi la raifon , & c'eft ce que vous avez prouvé tout maintenant, qu'il faut vivre felon fa confcience ; on peut ajouter que Jefus-Chrift eft la veritable lumiere qui éclaire tous les hommes qui viennent en ce monde , * il eft apellé dans un autre endroit * la lumiere du monde ; pouvez-vous trouver une autre lumiere qui éclaire tout le monde , qui éclaire les Idolatres & les Mahometans lors qu'ils y viennent ; pouvez-vous trouver , dis-je , une autre lumiere que la raifon ? mais la raifon , dit Chriftofile , ne peut nous enfeigner que la loi naturelle ; & la loi naturelle , répondit Eudoxe , en quoi differe t-elle de l'Evangile ? * *Les Gentils* , dit leur Apôtre, *n'ont pas la loi & ils font na-*

Joan. c. 1. v 9.

Joan. c 8. v 12.

Ad Rom. c 2. v 14.

Y

turellement les choses que la
loi commande , * & ceux qui
pratiquent la loi seront jus-
tifiés , si dans cette loi il
y avoit quelque chose d'essen-
tiel qui ne fût pas de la loi
naturelle , on ne le pourroit
pas faire naturellement ; je ne
sçai , dit Alatre , comment le
Docteur de la grace entend
ce mot *naturellement* , qui
semble exclure la necessité
du secours divin pour la justi-
fication des hommes. Zuin-
gle aparament le croyoit ainsi,
lors qu'il a avancé, * que *comme la vie éternelle n'a point
été promise sous cette condi-
tion , qu'on ne l'obtiendroit
pas sans être circoncis ou baptisé , ce seroit une temerité
de condamner aux enfers ceux
qui n'ont pas été consacrés
par ces signes ;* il se fondoit

*Ibid.

* Tom.
2. P.
118. e.
ad Ur-
ban
Rheg.

sans doute sur Justin Martyr
qui apelloit Socrates & Hera-
clite Chrêtiens , en ce qu'ils
ont vecu selon la droite raison : Clement Alexandrin disoit que la Philosophie avoit
justifie les Grecs , Saint Epi-
phane a cru que plusieurs gens
avoient été sauvés sans la loi
de Moïse & sans celle de l'E-
vangile; quelques Theologiens
modernes de l'Eglise Romaine ont été de même senti-
ments , * & ont cru que les
grands hommes de l'antiquité avoient été Chrêtiens en
suivant la raison , & qu'ils
étoient sauvés. Dieu seroit-l
bon , ne seroit-il point barbare
si la droiture de cœur & d'esprit de ces grands hommes ne
leur tenoit lieu de Batême ?

* *Thamnerius & Andradius apud Chemni-*
tium. Examen Concil. Tridont. part. 16 in Se-
sionem. 6. Suares lib 1. in Dccal. c. 1 n. 15.

C'est pourquoi ajoûta Eudoxe, Saint Pierre a dit * que
*le Baptéme ne consistoit pas
dans une purification du corps
avec de l'eau ; mais dans une
interrogation qu'une bonne
conscience nous fait en Dieu,*
& pour parafaser ces mots
traduits trop fidellement du
grec ; être baptisé ce nest pas
tant être lavé avec de l'eau,
qu'avoir un interieur éclairé
qui nous arrête sur chacune
de nos actions, pour demander à Dieu si elle est juste ou
injuste, alors on est dans la
disposition de faire tout ce
qu'on jugera en conscience
être obligé de faire aprez un
bon usage de sa liberté, & c'est
être implicitement Chrêtien,
& avec une foi implicite on
pourroit être dans une meil-
leure voie que ceux qui font

Petr.
3. 21

tout exterieurs, & qui entrai-
nés par l'exemple donnent à
travers les ceremonies & les fuperftitions fans réflexion &
fans connoiffance.

En fecond lieu, pourfuivit
Eudoxe, les Avaïtes comme
les premiers Chrêtiens, mettent tout en commun. Ce n'eft
point là, dit Chriftofile que
je trouve à redire, mais pourquoi ne pas fanctifier le Sabat : pourquoi ne pas connoître fon pere pour l'honorer : Parce que, repartit Eudoxe, Jefus-Chrift dit, *n'apel-*
lez perfonne vôtre pere fur
la terre, * il veut que nous Mat,
foyons tous égaux, ce qu'il 23. 9.
marque par le mot de frere; * *Math.*
le pere & l'enfant Chrêtiens c. 23.
v. 8.
ne font plus pere & enfant,
mais ils font freres. Lors que
Jefus-Chrift compte encore

entre les Commandements de
Dieu celui d'honorer son pere & sa mere, * il parle à un
homme qui n'étoit pas agregé
parmi les siens ; puisqu'il lui
dit de le suivre, s'il l'avoit
fait, il lui auroit appris qu'il ne
vouloit pas que quelques-uns
de ses disciples exerçassent aucun empire sur les autres, *
& que comme les qualités de
pere & de maître donnent un
droit de superiorité, il en falloit abolir jusqu'au nom ; la
police des Avaïtes n'exige pas
comme la nôtre, le rétablisse-
ment de ce précepte que l'E-
vangile semble détruire ; mais
de cette égalité ordonnée par
Jesus-Christ entre le Superieur & l'inferieur, il naît
une obligation au premier d'u-
ser de son pouvoir avec beaucoup de douceur & de modé.

Matt.
c. 19.
v. 19.

Matt.
c. 20.
v. 25.

ration & de gouverner comme les Avaïtes plûtôt par raifon que par autorité.

Pour l'obfervation du Sabat, Marc.
je remarque qu'il eft dit net- c. 2. v.
tement , * *que le Sabat eft* 72.
fait pour l'homme , & *que*
l'homme n'eft pas fait pour le
Sabat; c'eft-à-dire fi je ne me
trompe , que le Sabat doit ce-
der à l'utilité de l'homme ,
mais que l'utilité de l'homme
doit l'emporter fur le Sabat,
je le fanctifierai fi je trouve
qu'il me foit avantageux de le
faire , & non autrement, comme mon foulier eft fait pour
mon pied , & non mon pied
pour mon foulier , il faut que
le foulier s'acommode au pied,
& non le pied au foulier :
Chriftofile témoigna par fon
air qu'il n'étoit pas content
de ces raifons , fans y répon-

dre cependant, il dit je fuis
en peine de fçavoir comme
vous défendrez les mariages
des Avaites : Pour le faire
avec quelque méthode, ré-
pondit Eudoxe, je diviferai
cette apologie en plufieurs
points. Premiérement, le mariage eft d'obligation. Secondement, la poligamie eft permife auffi bien que le divorce en trois cas, à fçavoir, lorfque les deux parties y con-
fentent, ou que l'une le demande par de bonnes raifons,
& enfin fi les mariés demeurent trois ans fans avoir d'enfans : Je commance, continua-
t-elle, par prouver la néceffité du mariage comme fondée
fur le premier commandement
que Dieu ait jamais fait à
Genef. l'homme ; * ce commande-
cap. 1.
v. 28. ment eft general, & comprend
tous

tous les hommes, on n'en doute pas dans la Loi de nature, non plus que dans la Loi écrite : Celle-ci * regarde la sterilité comme une peine, & la fécondité comme une recompense ; mais si Dieu donne une recompense au mariage, & une peine au celibat, il nous marque assez qu'il veut l'un & qu'il ne veut pas l'autre ; il ne s'est pas contenté de commander le mariage dans la Loi de nature, il y a aussi ataché un plaisir qui fait une espece de violence, & il y punit ceux qui y resistent, principalement les femmes de plusieurs maladies incommodes & dangereuses : Voyons quel changement a aporté la Loi de grace.

Les Pharisiens dans Saint

*Deuteron. c. 7. v. 14.

Z

Marc *chap.* 10 demandent à
Jesus-Chrift fi la répudiation
eft permife, il leur répond
que non, & le prouve par le
premier chapitre de la Gene-
fe, où il eft dit, que Dieu a
fait l'homme mâle & femelle,
c'eft-à-dire, que Dieu a donné
à l'homme le moyen de conferver fon efpece par la generation ; de cette diftinction
des fexes, & de cette étroite union qui fe doit former
entr'eux pour ne faire qu'u-
ne chair ; * comme dit l'E-
criture, Jefus-Chrift conclut
que c'eft Dieu qui a uni par
le mariage l'homme & la femme, & que les ayant unis,
il n'eft pas permis à qui que
ce foit de les féparer : Suivant ce raifonnement, le fondement de l'indiffolubilité du
mariage dans la Loi de Gra-

* Ge-
nef.
cap.2.

ce eft la diftinction des fexes,
par laquelle Dieu marque en
la Loi de Nature qu'il unit le
mari & la femme; cette volonté de Dieu qui oblige
l'homme au mariage fubfifte
donc encore aujourd'hui, puifqu'elle fait la bafe & le fondement de l'indiffolubilité de
cette union : Qui croira en effet que Dieu ait aboli en tout
ou en partie la Loi de Nature ? Cependant, répartit Chriftofile , J. C. ne dit-il pas qu'il
y en a qui fe font faits eunuques pour le Royaume de
Dieu ? * Par le Royaume de *Mat.
Dieu , reprit Eudoxe, on n'en- cap.
tend que l'établiffement de la 19. v.
Religon, & non pas le Pa a- 12.
dis; cela eft fi vrai que J. C.
promet * à quelques-uns de * Luc.
fes Difciples qu'ils ne mour- cap. 9
ront pas qu'ils ne voyent le 7.

Z 2

Royaume de Dieu ; c'eſt donc en ce monde & non en l'autre qu'il eſt : En un autre en-droit * il dit aux Phariſiens qui lui demandent quand vien-dra le Royaume de Dieu, qu'il eſt entr'eux, c'eſt-à-dire qu'il y a parmi eux quelques fide-les qui compoſent ce Royau-me : Ainſi ſe faire eunuques pour le Royaume de Dieu, eſt ſe paſſer de femme pour prêcher l'Evangile, comme Saint Paul & Saint Barnabé, * parce que pour établir la Re-ligion, on devoit parcourir toute la terre, & une fem-me ne pouvoit qu'embaraſſer; comme Dieu ne deſtinoit que des hommes pour prêcher l'a-venement de ſon Regne, il ne parle que d'eux dans le paſſage que nous expliquons: On ne dit pas qu'une femme

Luc. cap. 17. v. 21.

1. Ad Cor. c. 9. v. 6.

foit eunuque ; on dit qu'elle
eſt ſterile ; & le ſecond mem-
bre de la diviſion ne lui peut
point convenir, ni les autres
par conſequent, ou la diviſion feroit irreguliere & monſ-
trueuſe : Mais pour en être
entierement convaincu, on
n'a qu'à prendre garde que J.
C. répond à ſes Diſciples qui
ne lui parloient que des hommes & non des femmes : Si
ce paſſage eſt obſcur, répartit Chriſtofile, comme le dit
J. C. lui-même, le Saint Eſprit parle plus clairement par
la bouche de Saint Paul dans
ſon Epitre. ... Saint Paul, interrompit Alatre, êtoit-il plus
éclairé, plus infaillible, plus
impeccable que le Prince des
Apôtres, qui ſe trompoit, qui
faiſoit mal au propre mot de
Saint Paul même ? * En veri-

* Ad
Gal.
cap. 2
v. II.

té prendrons-nous pour article de foi , *que la nature nous enseigne qu'il est honteux à un homme de laisser croître ses cheveux* à cause que Saint Paul l'a dit : * Cette réponse, répartit Eudoxe, n'est point de mon goût , si vous vous donnés la liberté de mettre en compromis l'infaillibilité de Saint Paul , qui vous empêchera de contester celle des Evangelistes comme a fait le docte Erasme ; il est pourtant vrai que Saint Paul parloit quelquefois de son chef & sans inspiration de Dieu ; *ce n'est pas moi* (dit-il) *qui vous commande , mais le Seigneur,* & peu aprez, *c'est moi qui vous parle , & non le Seigneur :* * Si c'est un article de foi de croire tout ce que dit Saint Paul , nous ne pouvons

*1 Ad Cor. cap 11 v. 14

*1 Ad Cor. cap. 7 v. 12

pas doûter que ce n'eſt pas le
Seigneur qui a toûjours parlé
par ſa bouche, mais il faut
prendre garde que Saint Paul a
marqué lui-même les endroits
qui ne ſont pas inſpirés de
Dieu, & celui où il recommande la virginité en eſt un,
* il dit *je n'ai point de com-* * Ibid.
mandement à faire aux vier- 25.
ges de la part du Seigneur,
mais je leur déclare ma pen-
ſée, comme ayant reçû de
Dieu la grace d'être fidele :
Quoique diſe S. Paul aprez ce
préambuleil nous laiſſe la liberté de l'examiner & de rechercher ſi le celibat qui laiſſe une
infinité d'ames croupir dans
le néant, correſpond mieux
à la bonté de Dieu que le mariage qui les en tire, pour joûir
d'un bonheur éternel : comme
encore ſi le celibat eſt plus

digne de mort que l'homicide par la raifon des Avaïtes.

Je ne parle point de ceux
qui fe font eunuques pour
établir le Royaume de Dieu,
ou des Religieufes qui prétendent lui donner quelque relief.

L'Eglife fans doute n'aprou-
veroit pas le célibat qui ne
contribueroit pas à la gloire
de Dieu, ou qu'on n'embraf-
feroit que pour fuir les peines du mariage ; & un Avaïte
conftamment par une fembla-
ble vûe feroit réputé voluptueux.

Pour la Poligamie, il eft
aifé de la juftifier, dit Chriftofile, elle étoit permife chez
les Juifs, & il ne paroit pas
Mat. * qu'il foit défendu de pren-
19. 9. dre une feconde femme en
gardant la premiere lorfqu'on
ne fait pas le chagrin à cel-

le-ci de la chaffer pour lui
en préferer une autre : Mais
d'où vient cependant pourfuivit-il, que ce crime eft défendu parmi nous ? C'eft parce que les Romains, répondit Alatre, qui étoient les
maîtres du monde, étant devenu Chrêtiens firent obfer-
ver leurs Loix dans le Chriftianifme : Celle de la mono-
gamie & les autres qui con-
cernent le mariage ne font forties que des puiffances Secu-
culieres ou Ecclefiaftiques.

Le dernier point de cette
apologie eft du divorce, reprit Eudoxe ; il étoit permis
aux Juifs * pourfuivit-elle ; &*Deut.
l'Evangile défend au mari 24.
feul de répudier fa femme,
& à la femme feule de répudier fon mari ; * mais il ne *Mar.
leur défend pas de fe repudier o 14.

conjointement & unanime-
ment, il leur permet par consequent, & la Loi de Moyse
n'est point abrogée en ce cas.
Car dit Alatre, là Loi nouvelle n'abroge l'ancienne que
dans les cas exprimés. * Nous
lisons dans nos Livres une
Loi * d'un Empereur Chré-
tien, qui permet le divorce
sans cause lorsque les deux
parties y consentent; mais,
répondit Christofile, il est dit
que l'homme ne divise point
ce que Dieu a joint; * comment Dieu, répartit Eudoxe,
unit-il l'homme & la femme ?
par leur consentement mutuel,
tant qu'il subsiste cette union
subsiste aussi; mais aussi-tôt
qu'il cesse, ce lien qui en dépend est rompu; & Dieu lui-
même coupe le nœud qu'il
avoit formé en vertu de leur

* l. pracip. c. de apell.
* l. 9. c. de repud.
* Mat. 19. 6.

mutuel confentement : Un
contrat , ajoûta Alatre , s'a-
néantit par la même voie qu'il
a pris naiffance , * le principal êtant éteint, ce qui en
fuit l'eft auffi : Quelle cruau-
té de forcer des époux malgré leurs humeurs incompa-
tibles à vivre enfemble dans
le trouble , dans la défiance ,
& dans des querelles conti-
nüelles ; c'eft la barbarie qui
a fait cette Loi, auffi bien
que celle qui oblige une mal-
heureufe époufe de vivre dans
le celibat , aprez avoir quité
un mari qui l'outrageoit ex-
ceffivement : Auffi J. C. n'a jamais entendu pouffer fi loin
l'indiffolubilité du mariage ;
lorfqu'on lui demandoit
pourquoi Moïfe avoit permis *Mat.
le divorce* penfoit-on à la dif- cap.

* *ll. 35 & 119. §. 1. ff. de reg. jur.*

19. 3.
7.

tinction * inventée plus de
3000 ans aprez sa mort ? Et
certainement les Pharisiens
n'entendoient parler que d'u-
ne répudiation qui leur permettoit de convoler en d'autres nôces : J. C. qui sçavoit
comme ils l'entendoient , &
qui répond juste , leur dit, que
cette répudiation est défendûe , si ce n'est à cause de fornication : Or comme le cas ex-
cepté de la défense est une
permission , J. C. permet en
cas de fornication le divorce
de la maniere que les Juifs
l'entendoient : Au reste , le
mot de fornication signifie
dans le langage de l'Ecriture
toute sorte de crimes ; David
en use dans ce sens au 72
Pseaume , & les Apôtres aussi
au 15 chapitre des actes ver-

* *Quo ad vinculum quo ad thorum,*

fet 29. De tout ce que j'ai dit il réfulte que J. C, ne veut pas qu'on répudie une femme pour lui donner le chagrin d'en voir une autre en fa place qu'on lui préfere, ni qu'on la répudie par caprice comme le permettoit la Loi de Moïfe : Il permet feulement la répudiation pour quelque crime un peu confiderable auquel cas on peut fe remarier ; Il paroît, dit Alatre, que les Chrêtiens ont expliqué ces paffages en ce fens, du moins jufqu'au fixiéme fiécle, puifqu'on trouve des Loix faites par des Empereurs Chrêtiens qui font le détail des crimes qui donnent lieu à un divorce : * Elles permettent au mari de prendre une autre femme fur le champ, & ordonnent à la femme d'a-

* L. 8 c. de repud.

tendre un an pour se remarier, afin qu'on sçache qui sera le pere de son enfant: Jus-
tinien a ajoûté de nouvelles
causes du divorce, & le permet même à un mari en don-
nant à la femme une certaine somme par raport à son
bien; * s'il en étoit besoin on
pourroit prouver que l'indis-
solubilité du mariage n'a guere que trois siécles.

Pour la troisiéme cause du
divorce des Avaïtes, reprit
Eudoxe, on sçait que l'impuissance donne lieu à la dis-
solution du mariage, & qu'il
y a une impuissance absolûe,
& une autre qu'on apelle res-
pective, qui consiste en ce
qu'un homme soit par raport
au temperament d'une certaine femme ou par quelqu'autre cause ne peut pas engen-

drer avec elle, quoiqu'il foit capable de faire des enfans à une autre : Cette impuiffance refpective n'eft pas un moindre empêchement que l'autre à la fin du mariage qui eft la generation, & il y a autant de raifon de rompre un mariage pour l'une que pour l'autre impuiffance ; * c'eft, ajoûta Alatre, la decifion des Jurifconfultes ; *Ubi eadem ratio idem jus flatuendum*, & le tèms de trois ans eft le tèms déterminé par le Droit Canon pour reconnoître l'impuiffance ; * mais cette impuiffance, dit Chriftofile, peut ceffer aprés quelque tèms. Se marie-t-on, répondit Eudoxe, pour avoir des enfans

* *L. illud quæfitum. ff. ad leg. aquil.*
* *Cap. litteræ veftra. extr. defrig. & ma-kf.*

dans dix ans, fi cela étoit,
on atendroit dix ans à fe marier : Si cette impuiffance peut
ceffer, elle peut auffi ne pas
ceffer ; ai-je confenti en me
mariant à courir ce rifque ?
Et d'ailleurs qui me peut promettre de lui furvivre ?

Paffons maintenant, pour-
fuivit Eudoxe, à la Theolo-
gie des Avaïtes ; l'un des premiers & des principaux principes eft, que tous les hommes font égaux ; c'eft ce que
dit Saint Paul en ces termes :
Du moment que vous êtés
Chrétiens , vous n'êtes plus
Juif, ou Grec, efclave ou li-
bre , homme ou femme, vous
n'êtes tous qu'un en J. C.

* *Ad* *Gal.* *c. 3 v.* *28.* C'eft la même chofe que ce
qui eft dit en tant d'endroits
de l'Écriture, qu'il n'y a point
en Dieu d'acception de perfonne

donne ; faint Paul s'explique
en un autre endroit d'une ma-
niére plus claire & plus conforme aux sentiments des
Avaïtes, *je n'entends pas, dit-*
il que vous soyez surchargés,
& que les autres soient sou-
lagés, mais j'entends que pour
ôter toute sorte d'inegalité,
vôtre abondance suplée au-
jourd'hui à leur pauvreté, &
que reciproquement vôtre in-
digence soit un jour soulagée
par leurs richesses, & qu'ain-
si tout soit reduit dans l'éga-
lité.

Il suit de ce principe que
plus un homme sera heureux
en ce monde, moins il le sera en l'autre ; c'est ce que
Jesus-Christ nous veut faire
entendre par la parabole d'un

*1. Ad Cor. cap. 8. y. 14.

pauvre nommé Lazare & d'un
riche*; le premier, malheureux
en ce monde & heureux en
l'autre; le second, heureux en ce
mõde & malheureux en l'autre.
L'Ecriture n'impute les maux
du riche qu'aux aises qu'il s'est
donné en cette vie, & ceux que
le pauvre y a soufferts est le
seul titre qui lui donne droit de
joûir du bonheur dont il joûit
dans le sein d'Abraham ; &
J. Christ dans saint Luc 6. 25.
promet aux malheureux, &
aux persecutés . . . . . Ce n'est
pas là ce qui me choque, interrompit Christofile ; mais
comment prouverez-vous que
les Avaïtes font bien de défendre le jeune, de ne point
admettre de misericorde en
Dieu, de ne le point prier,
de retrancher tout l'exterieur
de la Religion , & enfin de

*Luc. cap. 16. v. 19.

chercher à être heureux en
ce monde? L'entreprise, répondit Eudoxe, n'est peut-être
pas si dificile que vous pen-
fez : on convient premiere-
ment, que le jeûne n'est point
commandé par aucun passage
de l'Ecriture ; Jesus-Christ dit
bien, quand vous jeunerez vous
le ferez en secret. * Jesus- *Matt.*
Christ dit aussi, quand vous of- c. 6. v. 17.
frirez vôtre present & que
vous vous souviendrez au
pié de l'Autel que vôtre frere a quelque ressentiment contre vous, avant que de faire
vôtre ofrande vous irez vous
reconcilier avec lui. *Malgré ce *Matt.*
passage, les ofrandes des Juifs c. 5. v.
ne laissent pas que d'être abo- 23.
lies, & le jeune malgré l'autre passage pourroit bien aussi
l'être. Jesus-Christ tire des
coûtumes qui sont en usage

dans le tèms qu'il parle des exemples propres à faire entendre sa penfée, à fçavoir qu'il ne faut point faire parade de la vertu, & que le premier devoir de la Religion eft la reconciliation avec nos ennemis : aprez la défaite de ce Paffage, dit Chriftofile, les autres tenans du jeûne n'oferont plus fe prefenter au combat, & il faut qu'il cede la victoire à l'intemperance. Vous outrez ma penfée, répondit Eudoxe, & je ne prétens pas que le vice éleve des trophées des dépouilles de la vertu, mais il faut diftinguer deux fortes de jeûne, l'un que j'apelle judaïque, ou exceffif, & l'autre que j'apelle évangelique : le premier confifte à ne pas manger pendant un tèms encore qu'on ait faim;

& le jeune évangelique confiste à manger autant seulement que la nature en a besoin,
& dans le tems seulement qu'elle en a besoin ; ce dernier n'est
pas moins penible que l'autre,
& tout bien côsideré peut-être
l'est-il davantage ; je crois
qu'un homme bien constitué
ne sçauroit refuser à son corps
les aliments qui lui sont né-
cessaires sans alterer sa santé, du
moins imperceptiblement ; je
crois aussi que Dieu a institué
dans un homme sain la faim &
la soif pour lui déclarer l'ordre
qu'il lui donne de manger &
de boire ; la nature qui n'est
point dérangée ne demande
rien de trop ; si elle n'a pas ce
qu'elle demande elle n'a pas as-
fez ; & elle ne peut manquer de
rien sans un danger petit ou
grand d'une alteration ou d'u-
ne destruction : Quels com-

mandements le Seigneur nous
fait-il parlà, & qu'elle régle
puiferons-nous de cette fource finon celle que S. Paul nous
donne en écrivant aux Col-
loffiens en ces termes: *Ces abf-
tinences , ce choix des vian-
des & les mortifications caufent leur perte par l'abus
qu'ils commettent en fuivant
les enfeignements & les traditions des hommes ; ces chofes à la verité ont quelque
aparence de fageffe ; mais ce
n'eft que pour de petits efprits
qui fe font une religion à leur
caprice , laquelle confifte à ne
pas ménager affez fon corps,
au lieu de compter pour beaucoup de lui donner tout ce
qu'il lui faut.* Ce paffage
dans la vulgate eft affez dif-
cile, mais en recourant au
grec, la verfion que j'en viens

de faire me paroit fidele & in-
telligible ; on voit par là que
S. Paul n'aprouve pas le jeune
judaïque ; & il avoit apris cette doctrine de son Maître ; qui
nous l'a enseignée , tant par
son exemple que par ses paroles.

Jesus-Christ jeuna quarante
jours & quarante nuits ; quelque long que soit ce jeune ,
on en a trouvé dans certains
temperaments qui l'ont été
davantage. Pendant ce tèms Jesus-Christ n'eut pas faim puisque l'Ecriture dit, que ces quarante jours étant finis , ensuit-
te il eut faim. * La faim sur-   * *Luc.*
venûe le jeune cessa, c'est ce   c. 4.
que nous avons apellé jeune   *v.* 2.
évangelique. Les Disciples de
Jean dans un autre endroit re-
prochent à Jesus-Christ, que ni
lui , ni les siens ne jeunoient

Matt.
c. 9. v.
14.
point ; * Jefus-Chrift répond
qu'ils jeuneront affez, lorfque
l'époux leur fera enlevé ; c'eft-
à-dire lorfqu'il fera monté au
Ciel, ils iront prêcher fon
Evangile & planter la Foi par
toute la Terre ; ils feront alors
obligés de foufrir le froid, le
chaud, la faim & la foif com-

* Ad
Corint.
c. 4. v.
11.
me dit faint Paul. * Jefus-
Chrift excufe encore fes Apôtres * qui aimoient mieux, en
paffant par des blés ne pas ob-

Luc. c.
6. x. 1.
ferver le Sabat au grand fcandale de leur prochain, que de
ne pas amufer leur faim par
quelques épis de blé qu'ils é-
grenoient ; fi on peut jeuner
quelquefois judaïquement,
c'eft lors qu'on ne peut s'en
empêcher fans fcandale & fans
enfraindre la Loi comme les A-
pôtres le faifoient ; cependant
Jefus-Chrift aprouve leur pro-
cédé.

cedé aussi bien que l'action
de David qui viola la Loi plûtôt que de se passer de manger ayant faim, tant il est vrai
que la défense du jeune judaïque est une des plus fortes
que Dieu ait faites : aprez des
preuves aussi convaincantes il
ne seroit pas peut-être necessaire d'y en ajouter de nouvelles, mais puisque Jesus-
Christ nous en a encore four-
ni d'autres, nous devons croire qu'elles sont utiles pour
détruire une erreur aussi per-
nicieuse & voilée d'une aparence de sagesse comme dit
Saint Paul : * Jesus-Christ dit *Mat.
donc en parlant du jeune ju- 9. v.
daïque, *qu'il ne faut point* 6.
coudre à un vieil habit une
piece neuve, ni mettre du
vin nouveau dans de vieux
tonneaux, & pour parler sans

Bb

énigme, il dit aux Pharisiens
& aux Disciples de saint Jean
qu'eux qui sont vêtus de ce
vieil habit & qui suivent la Loi
andienne ne doivent pas coudre à cette Loi une piéce neuve, qui est le jeune Evangeli-
que ; mais on met une piéce
de drap neuf dans un habit
neuf, c'est-à-dire dans la Loi
nouvelle il faut inserer un nouveau jeune : Il est inutile, répartit Christofile, d'alleguer
quelques passages qui favori-
sent le jeune, vous les expli-
querez en faveur de l'évangelique ; mais que direz-vous de
la misericorde de Dieu ? Les
Avaïtes ne peuvent pas l'admettre comme les Chrétiens,
parce que dans l'ordre de la
grace elle dépend du mystere
de la Rédemtion inconnu aux
Avaïtes, mais les uns & les

autres se ressemblent, en ce
que Dieu ne nous pardonné
pas si nous ne nous repentons,
& que le repentir lave nos
fautes en tout ou en partie.
A l'égard du culte exterieur
de la Réligion, les Avaïtes en
ont peu pour être les vrais
adorateurs dont Jesus-Christ
parloit à la Samaritaine*quand *Joan.
il lui disoit, *que Dieu est un* 4. *v.*
esprit & qu'il faut qu'on l'a- 23.
dore en esprit & sans feinte:
Or il n'est pas besoin que le
corps entre dans un culte qui
se fait en esprit, & s'il s'y rencontre de la feinte, ce n'est
que par quelque signe exterieur : Les Avaïtes cependant
adorent Dieu & le prient tous
ensemble, quoi que J. Christ
ait recommandé* à ses Disci- *Matt.
ples de ne prier qu'en parti- c. 6.
culier & la porte fermée ; je *v.* 6.

trouve dans la priere des A-
vaïtes une singularité remar-
quable, c'est qu'ils ne demandent à Dieu que ce qui dépend d'eux ; cette priere ne
les acoûtume pas à attendre
qu'il descendra du Ciel (comme par une machine) quel-
que puissance extraordinaire
pour les secourir, mais elle
les accoûtume à rechercher
avec soin les moyens naturels pour la réussité de leurs
desseins ; on ne peut pas accu-
ser les Avaïtes de tenter Dieu
dans leurs prieres ; pour moi
ne veux-je pas faire en quelque façon une épreuve de sa
puissance lors que je le prie
pour la santé d'un parent, je
prie inutilement en effet, si
ce parent doit guerir par des
voies naturelles & par les re-
medes qu'on lui fera, s'il ne

doit pas guerir de cette maniere, il faut un miracle je
le demande à Dieu, n'eft-ce
pas ce qu'on apelle le tenter ? du moins il s'enfuit que
la priére de ce Pays eft bonne, & qu'une autre n'eft d'u-
fage que comme les habits des
ceremonies : La priere, pourfuivit Eudoxe, eft un défir
que l'ame forme en la prefence de Dieu ; je dis en la prefence de Dieu, afin qu'il n'y
ait rien d'injnfte & de dérai-
fonnable. Par ce défir l'ame
fe met en état de rechercher
& de prendre les mefures néceffaires pour réuffir : Sur ce
plan j'explique ainfi la priére que J. C, a donné pour
modéle à fes difciples. *   *Mat.
                                    c. 6 v.
   Par la premiere & la fe-   9.
conde demande nous nous
difpofons à faire tout ce qui
                       B b 3

dépend de nous, afin que le nom de Dieu soit sanctifié, & que son Royaume s'établisse: Le nom de Dieu signifie sa puissance, cette puissance paroît dans tout ce que nous sommes, c'est par elle que nous vivons, que nous pensons, que nous respirons, que nous nous mouvons, & que nous faisons tout ce que nous faisons : Sanctifier le nom de Dieu c'est donc rendre toutes nos actions conformes à ses ordres ; cette demande n'est que le désir de faire nôtre devoir : Par la troisiéme demande, nous témoignons à Dieu une grande résignation à ses ordres ; nous lui marquons que nous n'avons aucun désir pour tout ce qui se fait par sa volonté, & par consequent nous ne nous en réser-

vons que pour ce qui se fait
dependamment de la nôtre ;
& ainsi on tombe dans la maniere de prier des Avaïtes :
Par la quatriéme demande,
nous ne voulons pas que le
nécessaire nous manque ; nous
ne pensons que pour le jour
seulement ; nous serions
moins heureux de raprocher
à aujourd'hui les soucis du
lendemain, pour les avoir aujourd'hui & demain, pour les
avoir deux jours au lieu d'un,
chaque jour en fournit assez,* *Mat.*
c. 6 v.
J. C. même s'en déchargeoit 34.
tout-à-fait : * Mais J. C. nous *Mat.*
fait inquiéter pour le pain de c. 27.
v. 16.
chaque jour , afin qu'il ne
nous manque pas , & que nous
ne tombions pas dans l'indi-
gence ; mais de peur que nous
ne péchions par un autre ex-
cez , il ne veut pas que nous

pouffions nôtre prévoyance trop loin : Par la cinquiéme demande , nous pardonnons à nôtre prochain les offenſes que nous avons reçûes de lui : Ce pardon peut ſeul mainte-nir la paix entre les hommes, on ne parle ici que des fau-tes qui ſe commettent par legereté & par mégarde , où on ne pourroit pas concilier ce paſſage avec un autre qui or-donne le pardon à cette con-dition , que le pecheur ſe corrigera ; * car le mot Grec que la Vulgate traduit par fai-re penitence , ſignifie , chan-ger d'eſprit, ou rentrer en ſon bon ſens ; & en un au-tre paſſage , * J. C. veut que l'on pourſuive en Juſtice la véngeance d'une injure que nous fait nôtre frere , & qu'à cet effet on prenne des té-

*Luc. c. 17. v. 4.

*Mat. c. 18. v. 15

moins; mais ce n'eſt comme
dans le paſſage precedent,
qu'aprez qu'il n'aura pas voulu ſe corriger : Le mot Grec
que la Vulgate traduit par celui d'Egliſe ſignifie auſſi le
Sanhedrin ou la Juſtice des
Juifs, & j'ai choiſi cette derniere ſignification, parce qu'il
paroît, * que J. C. a voulu *Mat.
que la moindre injure, que le c. 5.
plus petit emportement d'un v.22.
Chrêtien contre ſon frere fût
puni en Juſtice : Si on par-
donnoit les fautes qui ſortent
d'un fond de malice, & d'u-
ne habitude vicieuſe & in-
corrigible, les méchans trou-
bleroient trop à leur aiſe le
repos public, & ils ſe ren-
droient eux-mêmes malheu-
reux auſſi bien que les autres :
C'eſt pourquoi J. C. veut qu'on
entre en indignation contre

eux & qu'on les ait en hor-

*Mat. reur. *

c. 18.
v. 17.

Les deux dernierés deman-
des font faites pour nous garantir de l'ocafion de pécher,
eu du moins du péché, fi on
ne peut pas éviter l'ocafion.

De ce que nous avons dit
fur la quatriéme & la cinquiéme demande il s'enfuit, que
Dieu veut que nous foyons
heureux en ce monde ; cette
vérité eft encore plus éviden-
ment prouvée par les deux
préceptes fondamentaux de
la morale de J. C. *faites aux
autres ce que vous voulez
qu'on vous faffe, & aimez vôtre prochain comme vous-mé-
me :* La maniere dont je
veux que les autres en
ufent à mon égard eft la Régle de la maniere dont j'en

* Matth. 7. 12 & 22. 39.

dois ufer envers les autres ;
& l'amour que j'ai pour moi-
même eft le modéle de celui
que je dois avoir pour mon
prochain ; fi je ne veux pas
être heureux , je dois me
comporter de telle forte que
les autres auffi ne le foient
pas & fraper fur eux des mé-
mes verges dont je viens de
me batre : Si Dieu veut que
j'étouffe le défir naturel que
lui-même m'a infpiré pour la
félicité , j'ai les mains liées
pour en procurer à mon prochain que j'aime comme moi-
même , ou il faut que Dieu
me donne une autre Régle
que l'amour de moi-même ,
qui dirige celui qu'on m'or-
donne d'avoir pour mon prochain.

Il eft vrai que J. C. dit ,
fi quelqu'un me veut fuivre ,

qu'il renonce à foi-même, &
Mar.
8 34 *qu'il porte fa Croix.* * Renoncer à foi-même, ou à l'amour
propre, c'eſt ce que les Avaïtes commandent pour n'être
point voluptueux, & c'eſt ce
que fait S. Paul, quand il dit,
* *qu'il retient fortement fon
corps, & qu'il le réduit en
fervitude* : Afin de ne pas acor-
der fans diſcernement à la
fenfualité tous les plaiſirs qui
fe preſentent, mais feulement
ceux qui font permis par la
raiſon : Quelquefois même
l'homme fenfuel, non con-
tent des plaiſirs qui s'offrent
d'eux-mêmes, emploie fes
foins & fon étude à en rechercher & à s'en procurer,
auſſi Saint Paul nous ordonne, * *de n'avoir point de pré-*

* 1. *Ad Cor.* 9. 27. *Grec.*
* *Ad rom.* 13. 14. *Grec.*

voyance pour satisfaire les désirs déreglés de la chair : Par la seconde partie du passage de Saint Marc, J. C. nous enjoint de porter nôtre Croix ; porter sa Croix n'est pas s'empresser à la trouver & à la charger sur ses épaules, mais c'est ne s'en pas laisser accabler : Cette vie est remplie de trop de maux pour les pouvoir tous éviter ; mais suportons avec constance & fermeté ceux qui tromperont nôtre vigilance & nos soins, que nôtre courage éleve nôtre ame audessus du malheur, afin qu'il n'en trouble point le repos & la tranquilité dans laquelle nous avons vû que nôtre félicité consistoit : *Par la patience, dit J. C. vous serez les maîtres de vos ames.* * Il préten-
doit si peu qu'on dût recher-

* Luc.
21 19.

cher des maux qu'il prie lui-
même son pere d'éloigner de
lui le Calice de sa Passion ;
& Saint Paul qui nous défend
d'être voluptueux, nous ex-
horte à être heureux , *Ré-
joüissez-vous*, dit-il, *au Seigneur* ; * c'est à dire rendez-
vous heureux légitimement;
& en un autre endroit, *Ré-
joüissez-vous toûjours, je vous
le dis encore une fois, ré-
joüissez-vous.* *

* Luc.
22. 42.

* Phi.
4. 4.

* I.
Theß.
15. 16.

Christofile se retira alors en
murmurant quelque chose entre ses dents d'Arius, de Pelage , de Déïsme & d'Epicuris-
me qu'on ne pût pas entendre.

Pour lever les doutes de
Christofile , & pour fortifier
les preuves d'Eudoxe, Alatre
ajouta le lendemain qu'un de-
mi-savant en s'arrêtant au su-

perficiel de la Religion & à la
police civile ou écclésiastique
trouveroit dans ce paralelle des
paradoxes, qu'un savant bien
penetré des vraies maximes du
Christianisme prendra pour le
veritable sens de l'Ecriture.
Les préceptes essentiels de J. C.
sont d'aimer Dieu & son prochain ; & comme l'amour de
Dieu ne consiste que dans l'o-
béissance, il est le même que
l'amour du prochain, suivant
le Grec en saint Mathieu 22.
40. ou suivant la vulgate il
est semblable, mais ils ne seront ni les mêmes ni semblables s'ils sont diférents l'un
de l'autre, & ces mouvements
de l'ame sont differents, si l'un
se trouve sans l'autre : or Jésus-
Christ * dit que les pécheurs
aiment leur prochain ; & nos ₊ *Luc* 6
demi-savants ne diront pas ₃₃.

qu'ils aiment Dieu, mais si l'amour de Dieu n'est qu'une obéissance, & qu'il nous commande d'aimer nôtre prochain nous ne pouvons obéir à Dieu sans aimer nôtre prochain, ni aimer nôtre prochain, sans par le seul même acte obéir à Dieu : aussi dans le dénombrement de ses Commande-mandements, il ne parle que de l'amour du prochain, * *Matt. 19. 19* parce que *cet amour les comprend tous*, *& il acomplit* *Rom. 13. 9.* *seul toute la Loi*, * Les biens-*Gal. 5.* faits, les services, les hon-*14.* nétetés, les complaisances, la haine des procez & les racom-modements sont les heureux *Matt* fruits de cet amour.* *5. Luc. 6.* Voilà les Préceptes essen-tiels de l'Evangile que les Pharisiens du Christianisme, ont abandonné pour suivre des

des traditions & des comman-
demeats humains, * ils font *Matt.
profeffion cependant d'être les *c. 15. v.*
plus exacts obfervateurs de la *9.*
Loi, & d'avoir atteint à la perfection du Chriftianifme, à
caufe qu'ils impofent aux
hommes des devoirs qui les
acablent, ils veulent être falués
par des noms qui impriment le
refpect, ils fe diftinguent par
leurs habits, * & pretendent *Lub.*
qu'en confequence les premie- *c. 20.*
v. 47.
res places leur font dûes; * ils *Mar.*
font de longues oraifons, à *c. 23.*
v. 4.
l'aide defquelles ils épuifent les *& 8.*
maifons des veuves, * ils *Et*
jeunent deux fois la femaine, *Luc.*
& font une grande diference *20. v.*
47.
des autres hommes à eux. * *Ibid.*

Il y a d'autres Chrêtiens qui *Luc.*
pour fecouer le joug de l'E- *18. v.*
vangile font fans fondement *11.*
une diftinction des preceptes.

C c

& des conseils pour ne pas
suivre ces derniers, comme si
la raison ne nous obligeoit
pas à prendre toûjours le plus
grand bien,& que le moindre
ne fût pas un mal : Saint Jac-
ques a dit, *Que c'étoit un
peché de sçavoir le bien & ne
Jac. le pas faire ; * il est encore
c. 4 v. plus surprenant, qu'on divi-
17. sé un commandement en deux
parties, de l'une on en fait un
conseil, de l'autre on en fait
un précepte ; Jesus-Christ commande à ses Disciples *de prê-
Luc. ter sans en rien attendre ,*
c. 6. v. la vulgate en expliquant le
35. même mot grec en deux sens
differents a donné lieu aux
ignorants, c'est-à-dire, à tout
le monde d'expliquer ces mots,
sans en rien attendre , des
interêts de la somme qu'on
prête & on ne s'aperçoit pas

de l'abfurdité qu'il y a dans le
verfet précédent, où Jefus-
Chrift dit, que les pécheurs
prêtent à intérêt pour recevoir autant qu'ils prêtent, ce
qui eft faux, car ils reçoivent
le principal & les intérêts.
De la premiere partie de ce
pecepte on en a fait un confeil, & de l'autre partie un crime qu'on punit trez-fevere-
ment ; cependant on feroit
plus de plaifir à un homme
de lui prêter dans le befoin à
ufure que de ne lui rien prêter. La penfée de Jefus-Chrift
eft que les Chrétiens prêtent
& détachent de leur prêt l'o-
bligation de rendre que les
autres ont coûtume d'y mettre, le Chriftianifme alors fera floriffant pour la charité,
& pour la paix, cette maniere
de prêter ramenera les mœurs

des Chrétiens & des Avaïtes

Mais pour revenir à nos Pharifiens ; ils enchériffent fur les autres, toute l'année eft de fête pour eux ; quoique Saint Paul * recommande tant aux Fidéles de gagner leur vie par le travail : Ces faineants de contemplatifs pour fatisfaire leur orgueil en croupiffant toute leur vie dans une honteufe oifiveté, ont inventé la diftinction de la vie active & de la vie contemplative, & ils ont donné contre la penfée de J. C. la preference à celle-ci ; je dis contre la penfée de J. C. * car Marthe par les mouvements exterieurs qu'elle fe donne pour lui, par fes empreffements à lui, rendre des fervices qui le regardent uniquement, defigne

*Thef.
4. 11.

*Luc.
10 39.

une ame qui s'atache entierement à la perſonne de J. C.
Pour Marie elle écoute ſa parole qui nous mene à l'amour
du prochain & à la pratique
des maximes que nous ve-
nons de raporter, qui demandent toutes de l'action ; & s'il
faut que la vie active & la
contemplative ſoient figurées
par les deux ſœurs, Marthe
ſans doute eſt la figure de la
prémiére ; puiſque Dieu eſt
l'unique objet des mouve-
ments de ſon cœur, & de l'a-
plication de ſon eſprit : Ce
n'eſt pas pour ces faineants
de contemplatifs, mais pour
les ouvriers des œuvres de mi-
ſericorde & de charité du prochain que le Royaume du Ciel *M atq:
eſt préparé. * 2ſ.

LIVRE DOUZIE'ME.

Du Départ de Chriſtofile & de Samieski, avec l'apli-cation des maximes des Avaïtes aux mœurs des autres Pays.

CHriſtofile & Samieski ré-ſolùrent de quiter l'Ile de Calejava, & ils prierent l'Avaïte de leur donner un vaiſſeau qui les rendit en quel-que Pays que ce fut, d'où ils pourroient aller au leur, l'A-vaïte le leur proſmit aprez avoir fait de vains efforts pour rom-pre leur deſſein.

Pendant qu'on équipoit un vaiſſeau, & qu'on faiſoit les préparatifs néceſſaires pour

leur voyage, l'Avaïte les fit
convenir qu'il étoit bon pour
le bien de la société civile,
que les hommes ne se fissent
pas une étude d'étouffer tout-
à-fait les sentiments que la
nature nous inspire; qu'on le
sçavoit par l'exemple de quelques Payens qui avoient ex-
cellé en toute sorte de vertus; & qu'il sembloit qu'elle
fût d'autant plus aisée à prati-
quer aux Avaïtes, que par le
secours de quelques réflexions,
elle étoit toûjours d'intelligence avec leur amour propre; ce qui leur en rend la
pratique infaillible. Il n'y a
que la nature qui suive cons-
tamment les mêmes Régles;
je conterois bien plus sur un
homme qui n'agiroit que par
des principes naturels & bien
liés que sur un visionaire qui

ne prétendroit jamais agir que par des voies surnaturelles ; j'aurois du moins peur qu'un esprit en proie aux chimeres n'en prit quelqu'une pour une réalité.

Là-dessus Christofile & Samieski prierent l'Avaïte de leur faire l'aplication des maximes de son Pays aux usages des autres qui se gouvernent par des Loix tout-à-fait differentes : Quelles que soient ces Loix, répondit l'Avaïte, il les faut suivre, du moins exterieurement, ou l'on ruineroit la société civile ; mais on doit aussi s'y assujettir même interieurement, c'est-à-dire lorsque personne ne devroit sçavoir que nous les avons enfraintes, on doit, dis-je, s'y assujettir par la raison que nous avons dite ; à

sçavoir

sçavoir, que nous serions dans
une continuelle défiance les
uns des autres que nous ne
nous trompassions réciproquement, & si nous croyons que
cela soit permis, nous devons travailler sans cesse à
nous surprendre pour nous
procurer par là légitimement
quelque avantage ; mais qui
ne voit que cette pensée remplira le monde de trouble &
de confusion, qu'elle détruira
la société civile, & qu'elle cor-
rompra la tranquilité & le bonheur que les Loix aportent
au genre humain ? En vain
Dieu s'armera de la Justice s'il
ne veut punir le violement
des Loix que les hommes ne
connoissent pas , & qu'ils ne
sçauroient vanger aussi bien
que lui : En vain Dieu veut
qu'ils soient heureux, s'il leur

D d

permet de faper par le fondement la fociété civile, la bafe & l'apui de leur félicité.

La feconde raifon, pourfuivit l'Avaïte, qu'on peut tirer de nos maximes, pour prouver qu'on doit obéir aux Loix, même à l'infçû de tout le monde, c'eft que tous les hommes font égaux, & en d'autres Pays qu'en celui-ci ils le font par les Loix qu'ils y trouvent en ufage, de la même maniere que les joûeurs le font entr'eux par leurs conventions ; un joûeur en entrant au jeu n'a point d'avantage fur l'autre, mais ce qui arrive à l'un ou à l'autre change cette égalité, il en eft de même des affaires de la vie que du jeu : On a déterminé qu'un fils heriteroit

de fon pere, que chacun re-
cueilliroit les fruits de fon
heritage ; l'égalité confifte en
ce que les Loix font generales, & qu'elles peuvent être
autant avantageufes aux uns
qu'aux autres ; comme l'égalité eft ôtée entre les joûeurs
par l'évenement de leurs conditions, ainfi l'autre égalité
eft levée ; fi mon pere eft affez adroit & heureux pour
m'amaffer beaucoup de bien,
fi le tèms qui fe fait eft propre pour mon champ ; mais
ce même pere pouvoit nè me
laiffer qu'une fucceffion chargée de dettes, la grêle pouvoit perdre tous mes fruits,
de même qu'il pouvoit arri-
xer que le joûeur qui a ga-
gné amenât le point qui a
fait perdre l'autre : La Partie
ne feroit ni égale ni équita-

ble , ſi une perſonne qui ſe
trouve en une certaine ſitua-
tion ne joûiſſoit pas des mêmes droits dont un autre joui-
roit s'il étoit en ſa place :
Chriſtofile remarqua que cette égalité donnoit dans le
ſens de ce grand précepte de
l'Evangile , qui dit , *faites aux*
autres ce que vous voulez
qu'on vous faſſe : On nous or-
donne par là de ne nous point
arroger de droits que ceux que
nous accorderions aux autres
s'ils étoient dans les mêmes
conjonctures que nous.

Les Loix , reprit l'Avaïte ,
ne tirent leur force & leur vi-
gueur que de la convention
des peuples , & ainſi celles
des parties vont du pair avec
la Loi auſſi bien que les conventions tacites qu'on prend
pour Régle de l'équité , parce

qu'on préfume par la nature de l'affaire ou par la coûtume des lieux que les parties les ont fous entendûes.

Il faut remarquer, continuat-il, que l'on ne doit point d'obéiffance aux Loix dont l'obfervation ne produit aucun bien, ou dont l'infraction ne caufe aucun mal ; & il faut tenir pour maxime certaine, qu'il n'y a point de mal moral qui n'àit pour fondement un mal phyfique , ou pour s'expliquer en d'autres termes , une action n'eft point contraire aux ordres de Dieu, que lorfqu'elle eft capable de faire du mal à quelqu'un ou de le priver de quelque bien: Cette maxime eft évidente par nos principes, Dieu n'éxige rien de nous pour lui , mais il nous commande feulement

d'être heureux ; nous ne fommes heureux ou malheureux
que par le fentiment du plaifir ou de la douleur ; qu'un
homme foit tout couvert d'ul-
ceres fans en reffentir de la
douleur, & qu'au contraire il
fente du plaifir il fera heureux ; mais fi un autre homme comblé de biens & d'honneurs, a le cœur rongé par
des foucis & des chagrins
cruels , il fera véritablement
malheureux : Dieu ne veut
donc que nôtre bien phyfique , & ce bien eft par conféquent la caufe du bien moral : Malgré cette maxime cependant , on eft obligé d'o-
béir exterieurement à des Lois
qui ne produifent aucun bien ,
& qui nous chargent inutilement de quelques vaines obligations : Malheur à ceux qui

de bon gré contribuent en
quelque façon que ce foit à
les faire executer ; on les doit
regarder avec autant d'horreur que les Juifs en avoient
pour les Publicains : Les Particuliers & les Magiftrats font
obligés en confcience de faire
leurs efforts pour rendre ces
Loix fans effet & fans force.
Mais comme on a fouvent affaire à des Atheniens qui feront mourir un Socrate s'il
effaye de les faire revenir de
leurs fuperftitions ; avec de
telles gens la diffimulation eft
permife ; hors de là elle ne
l'eft point ; fi ce qu'on penfe eft
bon pourquoi le cacher, s'il
n'eft pas bon pourquoi le penfer.

On obéïra donc aux injuf-
tes Magiftrats exterieurement
& en gemiffant, on leur ren-

dra feulement un refpect exterieur, car pour l'interieur s'ils en font dignes nous ne pourrons pas le leur refufer: Que les Magiftrats fçachent pour le mériter que le peuple n'eft pas fait pour fervir par fa mifere & fa baffeffe à flater leur moleffe & leur orgueil, mais qu'ils font faits pour défendre & foûtenir les Loix & fervir par leur fageffe au repos & à la felicité du peuple ; la vigilance, la feverité & l'exactitude, maintiennent le bon ordre, & l'injufte clemence d'un Magiftrat eft coupable de tous les crimes que l'efperance de l'impunité fait commettre. Comme toute puiffance & toute autorité ne tire fon origine que de l'obéïffance volontaire du peuple, cette même authorité lui doit être entierement dévoûee ; les particuliers. de leur part font tenus à les aider dans leurs pénibles fonctions par leurs respects. & leurs soûmissions, & à leur fournir (sans qu'on leur demande) tous les éclaircissements qui dépendront d'eux, leur témoignage principalement.

Il y a une autre sorte de superieurs que la loi nous donne dépendamment de la nature, ce font nos peres ; leur autorité est trez-dificile à mettre en œuvre, il est rare qu'ils en usent bien par la raison que nous avons dite.

Pour nôtre devoir à légard de nous-mêmes, continua toûjours l'Avaïte, vous sçavez que nous devons ménager avec foin les forces du corps & la capacité & l'étendûe de l'esprit

pour raifonner jufte : toutes
nos fautes ne font que des pa-
ralogifmes , vous les avez toutes atribuées au mauvais ufage de nôtre liberté , & elle ne
confifte que dans le pouvoir
de douter & d'examiner , fans
le doute & fans l'examen
toutes nos démarches font cri-
minelles ; la verité n'a rien à
craindre de ce principe , bien
loin de cela lui feul nous l'a
découvre & nous en affure ,
& on ne pourra s'émpécher de
l'a fuivre quand on en fera convaincu , mais qu'il eft à craindre que les jeunes gens ne ré-
fléchiffent pas affez pour pouvoir mettre en ufage cette maxime,& que les erreurs n'ayent
jetté de trop profondes raci-
nes dans la vieilleffe pour lui
permettre d'en profiter ! l'a-
plication des autres maximes

de ce Pays se fait sans peine
& sans pénetration, & on peut
aisément avec ces régles conduire toutes les actions de sa
vie ; il ne reste qu'à sçavoir si
le commerce que nous avons
avec les animaux ne forme pas
quelque engagement : Il semble que comme Dieu a mis
l'homme en état d'en tirer
des services , nous pouvons
croire qu'il veut en effet que
nous nous en servions pour
nôtre utilité , quoi qu'il
ne soit pas constant parmi
nous que leurs ames ne soient
pétries que de fange & de boüe,
les abeilles, les fourmis & ceux
des animaux qui receuillent &
& qui amassent ne vivent
pas sans police & sans loix ;
& elles seroient inutiles aux
autres ; d'ailleurs paroît-il que
leurs ames sortent de ce mon-

de moins parfaites que celles
des enfants & mêmes de quelques hommes : Pour cette vie
je ne fçai fi tout bien com-
penfé nôtre fort eft plus heureux que le leur ; nos Philofophes difent que , plus l'U-
nivers aura d'étendûe , plus
cet Univers *indefini* renferme-
ra de mondes , plus la mer,
l'air, & la terre de ces mondes produiront éternellement
& continuellement des créatures capables de fentir les
bienfaits que Dieu répandra
à jamais fur elles , plus fon
ouvrage fera admirable , plus
il fera digne d'un artifan bon,
immenfe & infini.

Peu aprez ces difcours le
vaiffeau fut équipé, & nos
gens furent prêts à partir :
Eudoxe promit d'envoyer dans
quelque tèms en France fon

enfant bien instruit des maximes de l'Ile & du Christianisme, & en état de répondre
aux questions qu'on lui pourra faire.

Christofile & Samieski s'embarquerent, mais à peine ils
eurent pris terre, que le premier tomba malade, & au bout
de huits jours il mourut ; il
recommanda fort à l'autre de
faire tenir à un de ses parens
en France une cassette, dans
laquelle on a trouvé des feuil-
les volantes sans suite &
sans ordre, écrites, tant
de sa main, que de celles
de son gendre & de sa fille. Ce parent donna un ordre & une suite à ces feuil-
les volantes ; pour moi je n'ai
fait que d'abreger, & peut-
être trop l'ouvrage de ce parent.

Ce qui m'a porté à le rendre public eſt, que nous voyons beaucoup de Chrêtien s dont la foi eſt ſi ſoible qu'elle n'eſt pas capable de les contenir dans leur devoir : j'y ai donc voulu ajoûter les lumicres de la raiſon pour les gouverner par l'amour propre ; c'eſt avec cet amour qu'un habile homme a dit, qu'on pourroit faire une ſoçieté de gens qui vivroient comme des ſaints ; à la verité ce ne ſeroit qu'à l'exterieur parce que leurs actions ſeroient purement humaines & qu'elles ne ſeroient pas élevées par la grace à cet état, qui les rend dignes de la vie éternelle, mais cet exterieur doit être compté pour quelque choſe ; outre qu'il ôte le ſcandale & procure la paix dans le monde ; c'eſt que la grace ne

trouve plus tant à faire dans
un cœur & qu'il eft par là
moins indifpofé à la recevoir.
Ces mêmes raifons m'ont em-
péché de fuprimer le paralelle qu'Eudoxe a fait des mœurs
& des fentiments des Avaïtes
avec le Chriftianifme, pour faire voir que l'amour propre
éclairé par la raifon peut produire de trez-bons effets, puifqu'on en tire les principes
d'une morale fi conforme à
l'efprit de l'Evangile, d'une
morale plus étroite & plus fe-
vere que celle qui fe lit dans
les offices de Ciceron qui s'ap-
puioit fur les principes ri-
gides des Stoïciens ; on ne
fçauroit difconvenir que les
Avaïtes n'ayent déterré des
principes qui nous étoient inconnus & qu'ils ne nous four-
niffent contre les libertins de

nouvelles preuves de quelques verités importantes ; ces découvertes même font en affez grand nombre pour croire qu'elles ne font point forties toutes du fond d'un feul particulier, mais j'ai peur qu'étant trop contraires à nos préjugés les plus enracinés on ne donne pas toute l'aplication neceffaire aux folides raifons des Avaïtés pour entrer dans leurs fentiments quelques véritables qu'ils foient ; d'autant plus que les matieres font feches & peu fufceptibles d'ornements ; peut-être auffi ce livre eft trop court & trop abregé, quelque claire & quelque folide que foit une raifon il faut qu'elle ait une jufte étendûe pour prendre place & s'arranger dans l'efprit du lecteur ; le

remede

rémedé est de tenir pour suf-
pectes d'erreurs les opinions,
communément reçûes, de lire peu à la fois des endroits
dificiles,& de les mediter beau-
ceup ; on aura l'esprit assez
bon & docile si à la premiere
lecture on commance à douter
& suspendre son jugement, si
on ne rebute rien avant que
de l'entendre, & qu'on suive
le conseil du Lucrece que j'ai
donné dabord & par lequel je
finirai.

Ne mea dona, tibi studio dif-
posta fideli,
Intellecta priusquam sint,
contempta relinquas.

FIN.

Dd

TABLE
DES TITRES.

TABLE

D d 2

TABLE

TABLE

DES MATIERES,

A.

B.

TABLE

C.

D.

E.

TABLE

TABLE

TABLE

E R R A T A.

Page 5. ligne 7. mot 2. lisez de celui. page 21. ligne 10. mot 3. lisez ils ; page 66. ligne 8. mot 3. lisez croire, page 80. ligne 8. mot 4. lisez je fais ; page 84. ligne 12. mot 1. lisez de ; page 85. ligne 6. mot 2. lisez s'êforce ; page 100. ligne 12. mot 2. lisez besoin. Il ; page 136. ligne 23. mot 3. lisez cedera t'on ; page 139. ligne 19. mot 1 lisez telles ; page 169. ligne 5. mot 2. lisez vie, si ; page 169. ligne 11. mot 5. lisez serons ; page 187. ligne 22. mot 1. lisez sa ; page 187. ligne 22. mot 1. lisez il ; page 188. ligne 12. mot 2. lisez &. page 211. ligne 23. mot 6. lisez éxiste. page 212. ligne 24. mot 1. lisez sans.